SUPERHÉROES

SUPERHÉROES

SUPERMETOMENTODO

COPÉRNICA

La cocinera–científica de los superhéroes, que controla la base secreta.

Metomentodo Quesoso es el superhéroe conocido como Supermetomentodo. ¡Es el jefe de los superhéroes!

YO-YO

Joven y dinámica, puede hacerse inmensa o minúscula.

LADY BLUE

Heroína misteriosa, llega siempre cuando los superhéroes están en dificultades.

MAGNUM

Su supervoz destruye a todas las ratas de cloaca.

BANDA DE LOS FÉTIDOS

BLACKY BON BON

Jefe de la banda de los Fétidos. Es un déspota cruel y lleno de fobias.

MÁKULA BON BON

Es la mujer del Jefe. Es la que manda en la familia.

KATERINO

Es el contacto del Jefe con los roedores de Muskrat City.

FIEL BON BON

Joven hija del Jefe, obtiene venenos peligrosísimos de plantas e insectos.

UNO DOS TRES

Los tres guardaespaldas del Jefe son grandes y robustos, pero con poca sustancia en la cocorota.

Textos de Geronimo Stilton
Inspirado en una idea original de Elisabetta Dami
Diseño original del mundo de los superhéroes de Flavio Ferron y Giuseppe Facciotto
Coordinación artística de Flavio Ferron
Asistencia artística de Tommaso Valsecchi
Ilustraciones de Giuseppe Facciotto (*dibujo*), Daniele Verzini (*coloración*)
Cubierta de Giuseppe Facciotto y Daniele Verzini
Diseño gráfico y maquetación de Chiara Cebraro

Título original: *Vendetta dal passato*
© de la traducción: Manel Martí, 2014

Destino Infantil & Juvenil
infoinfantilyjuvenil@planeta.es
www.planetadelibrosinfantilyjuvenil.com
www.planetadelibros.com
Editado por Editorial Planeta, S. A.

© 2011 - Edizioni Piemme S.p.A., Corso Como 15, 20154 Milán - Italia
www.geronimostilton.com
© 2014 de la edición en lengua española: Editorial Planeta, S. A.
Avda. Diagonal, 662-664, 08034 Barcelona
Derechos internacionales © Atlantyca S.p.A., Via Leopardi 8, 20123 Milán - Italia
foreignrights@atlantyca.it/www.atlantyca.com

Primera edición: marzo de 2014
ISBN: 978-84-08-12284-5
Depósito legal: B. 2.668-2014
Impresión y encuadernación: Cayfosa
Impreso en España - Printed in Spain

El papel utilizado para la impresión de este libro es cien por cien libre de cloro y está calificado como **papel ecológico**.

Stilton es el nombre de un famoso queso inglés. Es una marca registrada de la Asociación de Fabricantes de Queso Stilton. Para más información www.stiltoncheese.com

Geronimo Stilton

VENGANZA
DEL PASADO

El asfalto **HIERVE** en Muskrat City. Desde hace unos días, una ola de achicharrante **CALOR** se ha abatido sobre la ciudad, empujando a sus habitantes a escapar hacia el mar o la montaña en busca de un poco de alivio.

Los pocos roedores y roedoras que se han quedado buscan cobijo a la **SOMBRA** de los frondosos árboles de Muskrat Park, o se encuentran al fresco en el interior de los **EDIFICIOS**, como los tres primos que ya conocemos.

—¡Uaaa! —bosteza Metomentodo, en el gran salón de la Mansión Quesoso.

¡ESTE CALOR VA A HACER QUE ME DERRITA COMO UNA MOZZARELLA AL HORNO!

—¡A quién se lo dices! —responde Trendy—. Cómo me gustaría estar con mis amigos en la Bahía Quesito: allí siempre **SOPLA** un vientecillo fresco…

—¡Ya sabes que no podemos alejarnos de

Muskrat City, primita! La ciudad desierta es una **ocasión de oro** para las ratas del subsuelo —responde Metomentodo—. ¡Podrían aprovechar para **DESVALIJAR** los apartamentos vacíos!

—Ya, tenemos que quedarnos aquí con este calor… Y por si eso no bastara, Copérnica se ha ido de **VACACIONES** con sus compañeras del grupo «Protones y Boquerones» y nos toca hacer la comida —se lamenta Brando.

—¡Por suerte, trabajas en una **PIZZERÍA** primito, al menos tenemos los tentempiés asegurados! —le responde Trendy con una risita, antes de levantarse para ir en busca de una jarra de té frío. Aún no ha dado ni **DOS PASOS**, cuando una gran «S»

luminosa proveniente de la muñeca de Metomentodo llamó su atención… ¡la superalarma!

–DE PRISA, PRIMOS…
¡Veamos de qué se trata!

En la maxipantalla de la Base Secreta, aparece
la entrada del Museo de Arte Moderno.
Fuera de imagen, se oye una voz amenazadora:

–¡ABRID PASO, SOY EL DOCTOR FREEZER!

¡Os lo advierto: si el alcalde De Ratis no me
entrega cien kilos de oro puro dentro de una
hora, **congelaré** el museo y a todo
aquel que se encuentre por
los alrededores!
De pronto, en panta-
lla asoma algo que
parece una ino-
cua pistola de

agua… que dispara un **RAYO AZUL** contra uno de los guardias del museo, ¡convirtiéndolo en una estatua de hielo!

—¡Por los miles de champiñones de todas las pizzas cuatro estaciones del planeta! —exclama Brando—. ¡Esta rata de cloaca no bromea!

—¡Superhéroes en acción!

En pocos minutos, nuestros héroes llegan al Museo de Arte Moderno.

Está emplazado en un edificio vanguardista: una gran estructura de hierro forjado, revestida con amplias **CRISTALERAS** que, tras el ataque del Doctor Freezer han quedado cubiertas de cristales de hielo.

Mientras se acerca a la entrada del museo, Supermetomentodo divisa la **SILUETA** de la rata criminal.

—¡**ALTO AHÍ**, Doctor Freezer! ¡Ríndete... o acabarás al fresco! —exclama.

—¡Eh, ésta sí que ha sido buena, superjefe! —murmura **DIVERTIDA** la capa de Supermetomentodo.

El **DOCTOR FREEZER** lleva un traje gris azulado, parecido a un mono de astronauta, con un gran casco redondo que se asemeja a una pecera para **peces de colores**. Tras la visera se entrevén unas gafas de cristales gruesos y oscuros, ideales para proteger los ojos de la reverberación del

HIELO.

En cuanto se percata de la llegada del trío, desenfunda su pistola congeladora y la apunta contra Yo-Yo: un haz de luz azulada atraviesa el aire, crepitando.

—¡AHORA VERÉIS CÓMO ACABA QUIEN OSA DESAFIAR AL GRAN DOCTOR FREEZER!

—grita el peligroso criminal.

Pero, ágil y **VELOZ**, Yo-Yo recurre a sus extraordinarios poderes, se agranda **desmesuradamente** y pierde consistencia, hasta convertirse en una enorme superheroína transparente.

El **RAYO** del Doctor Freezer la atraviesa, provocándole un ligero estremecimiento a causa del frío, ¡lo cual, dado el bochorno reinante, no resulta nada desagradable!

Tras sus gafas oscuras, la rata de alcantarilla abre los ojos con asombro: ¡no esperaba algo así!

¡AHORA, SI ME PERMITES, ME TOCA A MÍ!

—le espeta la superroedora de rosa que, tras recuperar sus dimensiones habituales, lanza su **YOYÓ** contra su adversario, desarmándolo.

- ¡EH, MI PISTOLA! ¡DEVUÉLVEMELA!

—gimotea el criminal.

—Es inútil que te lamentes, Doctor Freezer —interviene Supermetomentodo con voz triunfal—, ya no vas a **DISPARAR** tu hielo. ¡En Muskratraz no te valdrán de nada las pistolas! El superhéroe está convencido de que la victoria ya es suya, pero la rata no piensa rendirse...

—¡ESO LO DIRÁS TÚ!

—replica desafiante el Doctor Freezer—. ¡Vuestros escalofríos no han hecho más que empezar! De pronto, de sus **SUPERGUANTES** brotan inesperadamente unos chorros de viento glacial, que salen proyectados con inusitada potencia.

16

—¡TRAJE! ¡MODALIDAD VENTILADOR!

—exclama Supermetomentodo.

—*Jefe, no creo que sea una buena idea. Sugiero algo que dé calor… un radiador, una manta eléctrica… una bolsa de agua caliente…* —objeta el traje con preocupación.

—¡Traje! ¡Haz lo que te he dicho, si no quieres acabar **CONGELADO**!

El traje, bastante perplejo, se transforma en un **VENTILADOR** de tamaño gigante y apunta hacia el Doctor Freezer.

—*¡Ahora entiendo tu plan, jefe!* —exclama, en cuanto siente el embate de la corriente helada.

El viento creado por el ventilador de Super-metomentodo se opone al CHORRO GLACIAL, lanzado por la rata de cloaca. Las dos fuerzas chocan justo a medio camino… ¿cuál de las dos ganará la partida?

E l pérfido Doctor Freezer aumenta al má-ximo el micro-generador eléctrico que ALIMENTA sus poderes.

—¡Supermetomentodo, lo único que ganarás hoy será… el concurso de esculturas de hielo!

¡FRÍO ÁRTICO, MÁXIMA POTENCIA!

El aire se vuelve gélido y una serie de pequeños carámbanos se multiplican alrededor del mo-rro-ventilador, que empieza a perder fuerza.

—*Jefe, me temo que esta vez el Doctor Freezer tenía razón… ¡dentro de unos segundos pare-*

ceremos CUBITOS *de hielo!*

—exclama el traje.

—¡Ya lo sé, siempre me ha encantado tu incorregible optimismo! ¡Tú sí que sabes cómo levantarme la moral en los momentos difíciles! —responde Supermetomentodo.

Aunque bromee, como de costumbre, lo cierto es que está empezando a PREOCUPARSE. Alrededor de los ojos se le están formando pequeños círculos de escarcha, que cada vez se hacen más densos y le empañan la vista.

Atenuada por las **RÁFAGAS** de viento, una voz resuena a lo lejos y llega hasta las entumecidas orejas de Supermetomentodo. —¿Eh? ¿Qué es eso...? —balbucea el héroe, con los labios ya medio congelados. Entonces se da cuenta de que, más que una voz, parece un S O N I D O o, mejor, una única vocal prolongada... algo similar a una larga y envolvente

¡UUUUUUUUUUUUUUUUUUUU!

Sólo puede ser Magnum, que ha desencadenado su **PRODIGIOSO EFECTO** Ultraesponja. El joven superhéroe ha absorbido toda la **HUMEDAD** circundante, y ahora la está liberando para contrarrestar el viento helado del Doctor Freezer. Al contacto con la corriente fría, la **OLEADA DE AGUA** se transforma en miles de **LANZAS** de hielo que surcan el aire más veloces que el viento, directas hacia la rata de alcantarilla. El Doctor Freezer exclama:

—¡Acabo de recordar que tengo una cita bastante **URGENTE**, lo siento pero ahora tengo que huir!

Se **MONTA** en el Freezer-móvil, su potente trineo a reacción, pero antes de que logre ponerlo en marcha Yo-Yo golpea con su arma los pedazos de hielo, y los dirige con precisión milimétrica alrededor del malvado. ¡Las heladas esquirlas se clavan en el suelo y aprisionan al Doctor Freezer en una **JAULA** transparente!

Yo-Yo aprovecha para desactivar de una vez

por todas el generador de hielo de la rata, y exclama divertida:

> AHORA, DOCTOR FREEZER, ME IMAGINO QUE DEBE DE HACER UN POCO DE FRÍO INCLUSO PARA TI, ¿VERDAD?

Unos minutos más tarde, suena el chasquido de las esposas en las muñecas del **CRIMI-NAL**, que sin sus superguantes, las gafotas y el casco ha perdido todo su aspecto **AMENA-ZADOR**. El comisario Musquash, tras hacerlo entrar en el coche patrulla, entrega sus armas a los agentes del presidio de Muskratraz. Entretanto, Supermetomentodo, ENVUEL-TO en la capa que ha transformado en una manta térmica, entra en calor con la ayuda de una taza de té **HUMEANTE**.

—¡Es la semana más calurosa del año y yo estoy **arrebujado** en una manta, bebiendo un té caliente! —exclama nuestro héroe.

—*¡Espero que estos cambios de temperatura no hagan que te resfríes, jefe!* —dice el traje.

—¡A... A... ACHÍS! ¡Mira, ahí lo tienes!

—replica Supermetomentodo.

—¡*Vamos, jefe, sólo es un resfriado de nada!
¡Piensa en lo que te hubiera podido pasar sin la
ayuda de Magnum y Yo-Yo!*

—¡Es verdad! —reconoce Supermetomentodo,
mientras se vuelve hacia sus **supercolegas**—. ¡Gracias, chicos!

—¡TODO EL MÉRITO ES DEL MAESTRO HUANG!

—exclama Magnum—. ¡Él nos ha enseñado que
«la unión la fuerza hace»!

Y con esa hermosa enseñanza en sus oídos, los
superhéroes reemprenden el camino de casa.

C ae la noche sobre **Muskrat City**, y los ciudadanos disfrutan de una pequeña tregua en su lucha contra el ░░░░░░░░ reinante. Pero mientras en la Mansión Quesoso los tres primos roncan tras la extenuante batalla librada contra el Doctor Freezer, en la ciudad una **SINIESTRA RATA** campa a sus anchas. Es Blacky Bon Bon, que acaba de **subir a la superficie** desde una alcantarilla de la Rat Central Station. Gracias a un soplo, se ha enterado de una importante partida de **DIAMANTES**, los White Wonder, que van a ser el plato fuerte de «Perlas para los Ratones», la mayor exposición de joyería jamás vista en Muskrat City.

Las piedras preciosas llegan con un tren especial, **FUERTEMENTE VIGILADO** y blindado con titanio a prueba de robos.

Acompañan a Blacky Bon Bon sus inseparables **GUARDAESPALDAS**, Uno, Dos y Tres, y juntos cruzan el monumental vestíbulo de mármol de la estación.

–Hum, Jefe... ¿Podemos repasar el plan?

—pregunta tímidamente Uno, antes de armarse de valor y añadir—: Y, sobre todo…, ¡¿podemos saber por qué hemos tenido que vestirnos así?!

–¡Eso mismo! ¡Nosotros también lo queremos saber!

—responden a coro sus dos hermanos, en alusión al uniforme de boy scouts que el jefe les ha obligado a PONERSE.

Por toda respuesta, un consternado Blacky se pasa una **PATA** por el hocico, exasperado por sus esbirros.

—¡Chisss! ¡Dejad de dar esos gritos! ¿¡¿Queréis que os oiga toda la estación?!? Esta noche llega el **TREN** que nos hará ricos. Pero la única posibilidad de abordarlo es ocultándonos tras el convoy que **PARTIRÁ** del andén que hay al lado, ¿entendido?

Los tres guardaespaldas guardan un **EM-BARAZOSO** silencio y miran al vacío, como si estuvieran buscando una respuesta.

De **PRONTO**, Dos tiene una iluminación:

—Hum… ¡entendido, Jefe! Quiere que nos vistamos de boy scouts para burlar el control y no despertar sospechas ¡y así usted podrá **RO-BAR** los diamantes sin contratiempos!

Sus hermanos pronuncian «Oooh» de admiración y cuchichean:

—¡Mamá siempre ha dicho que Dos es el más inteligente!

—¡Sí! ¡No, quiero decir! ¡No lo haremos así!
—grita el jefe de los Fétidos, impaciente.

¿Algún problema, señor?

—pregunta una voz a la espalda de Blacky.

—¿Hum? ¿Qué…?

Al volverse, se encuentra frente a dos agentes de **POLICÍA**, que lo observan recelosos. Mientras una **gota** de sudor desciende por su nuca, Blacky Bon Bon se afloja el cuello de la camisa con un dedo y contesta con voz algo temblorosa:

—Ejem… n-no, ¡ningún problema, agentes! Je, je, mis hijos, de vez en cuando me hacen perder la PACIENCIA… ¡ya sabe cómo son los niños!

Y, dicho esto, **abraza** afectuosamente a Uno, que suelta una risita.

Los policías intercambian una mirada escéptica y **OBSERVAN** en silencio a la extraña familia.

—¡Ah, escuchad, escuchad, han anunciado el andén de nuestro tren!

—exclama Blacky de repente—. ¡Es el 15! Dirección Parque Nacional de Yellowcheese. ¿Saben? ¡Llevo a los peques de excursión!

Y, dicho esto, Blacky Bon Bon se despide **APRESURADAMENTE**.

Cuando ya parece que todo ha vuelto a su cauce, el vozarrón de uno de los agentes conmina a Blacky a detenerse:

—¡Señor, espere un momento!

Por un instante, el jefe siente cómo se le

HIELA LA SANGRE.

—¿Sí? —responde con un hilo de voz.

—**¡A UNO DE SUS CHICOS SE LE DEBE DE HABER CAÍDO ESTO!**

—responde el agente, mostrándole una canica de colores.

—Eh, ¿cómo es posible que sepa mi nombre?

—exclama Uno, pero se calla al instante al recibir una patada de Blacky, que le da las gracias al **policía** y se despide de él.

Cuando ya ha recorrido algunos metros, el jefe de las ratas de alcantarilla suelta una CARCAJADA, contento de haber logrado convencer a los agentes del orden.

B lacky Bon Bon mira nervioso su reloj: Katerino se está retrasando mucho.

Plantados en el andén, mientras el jefe repiquetea **frenéticamente** en el suelo con el pie, Uno, Dos y Tres sacan de sus mochilas un paquete con emparedados de tres **QUESOS** y toman un tentempié.

En ese instante, un revisor alto y enjuto sorprende por la espalda al jefe de los Fétidos.

—¡Billetes, por favor!

—Ejem... esto, verá, nuestros billetes los lleva el guía, eso es, sí, ¡el **GUÍA** que nos acompaña al parque!

En el rostro del revisor, OCULTO parcialmente por la visera de la gorra, se insinúa una sonrisa irónica.

—¡TODOS DICEN LO MISMO! TENDRÁ USTED QUE ACOMPAÑARME...

Pero Blacky Bon Bon le contesta con voz SU-PLICANTE:

—¡Es la verdad! ¡Sólo queremos ir de excursión al parque de Yellowcheese! ¡Somos gente de bien!

—Como probablemente ya debe de saber —le responde el revisor sin inmutarse—, ésta no es una noche como otra cualquiera. Está a punto de llegar un tren especialmente «valioso» y las medidas de seguridad exigen un PROTOCOLO especial.

Antes de emprender la marcha, el revisor se detiene un instante y se vuelve hacia Blacky. Con un VELOZ movimiento de mano, se alza la visera lo suficiente como para dejar entrever el inconfundible **DESTELLO** de las gafas oscuras de Katerino.

Blacky abre unos **OJOS** como platos durante unos segundos, pero se percata de que, a pocos metros, dos policías están mirando en su dirección y decide seguirle el juego.

¡NUESTRA INTENCIÓN ES VELAR AL MÁXIMO POR LA SEGURIDAD DE NUESTROS PASAJEROS, POR ESO LES REPITO QUE ME SIGAN, POR FAVOR!

Mientras caminan en fila india, Blacky le **SUSURRA** a Katerino disimuladamente:

—¡Por el susto que me has dado, tendría que haberme imaginado que eras tú!

—Pensaba que me reconocería en seguida, Jefe…

—Bah, no ha sido más que un pequeño susto. No tiene importancia…

DIME CÓMO PROSIGUE EL PLAN.

—Hemos pasado el puesto de control principal, el que hay antes de **ACCEDER** a los andenes, pero ahora viene lo difícil. Dentro de cuatro minutos, el tren entrará en la estación. El

VAGÓN

donde están los diamantes White Wonder es el número 8. Está revestido con un blindaje **especial** hecho de una aleación de titanio a prueba de perforaciones, y para abrirlo se requiere una

COMBINACIÓN

alfanumérica que sólo conoce el director de la exposición.

Finalmente, Katerino concluye el informe con fría precisión:

—Además, si alguien trata de forzarlo, dispara un **GAS PARALIZANTE** que surte efecto en menos de siete segundos... ¡En comparación, resultaría mucho más fácil robar todos los bancos de Muskrat City juntos!

—PERO ¡CUANDO YO DECIDO QUE HAY QUE DAR UN GOLPE, NADIE PUEDE IMPEDÍRMELO!

—exclama Blacky en tono despreciativo.

—... y el hecho de que Mákula le haya exigido que le regale el diamante más **gran-de**, ¿no tiene nada que ver?

—Hum... ¡no, no tiene nada que ver, **RA-TÓN** impertinente! ¡Y ahora, dejémonos de historias y a trabajar! —responde Blacky con cierto apuro en la voz.

Mientras los Fétidos confabulan, no reparan en que dos **SILUETAS NEGRAS** como la noche corren veloces a sus espaldas, trepando, ágiles y **silenciosas**, por la pesada estructura de hierro de la estación.

—¿Hum? Me ha parecido ver una sombra —les susurra Uno a sus hermanos.

—¿Sombra? ¿Qué sombra?

—Diría que la he visto pasar por aquella p…

—¡SILENCIO!

—ordena bruscamente Blacky Bon Bon, mientras entrega a sus tres **SECUACES** unos monos negros y unos pasamontañas.

—¡Vamos, ponéoslos!

—los apremia el jefe de los Fétidos.

—¡Caramba! ¿Es un ascenso? ¡¿Ahora somos **SUPERMAL-VADOS**?! —exclama Tres con entusiasmo.

—¡De eso nada! —objeta Blacky Bon Bon—. Pero en cuanto llegue el tren que transporta los **DIAMANTES** y el director abra el vagón blindado, vosotros entraréis en escena para distraer a los policías y a los agentes de seguridad. Entretanto, Katerino y yo podremos **COLARNOS** en el vagón, hacernos con el botín y huir. ¡A mi señal, os ponéis en movimiento!

¡¿TODO CLARO?!

Tras unos instantes de silencio, Tres, azuzado
por sus hermanos, se dirige temeroso al jefe:
—Ejem, Jefe, yo sólo tengo una pregunta...

¡VAMOS, SUÉLTALA!

—rezonga el jefe de las ratas de cloaca.
—Hum, ¿qué es esa nube de ahí detrás?

42

El jefe de los Fétidos aún no ha tenido tiempo de volverse, cuando un **humo violeta** le entra por la nariz y lo deja adormecido al instante. El tren de los diamantes entra en la estación, pero ahora todos los ratones presentes en la estación están **TENDIDOS** en el suelo, durmiendo…

No se ha hallado ni una huella dactilar: es cuanto ha declarado la policía en referencia al increíble atraco de esta noche al tren que transportaba los diamantes White Wonder. Las piedras eran la atracción estrella de la exposición «Perlas para los Ratones», que ha sido aplazada sine díe. Hasta el momento, las fuerzas del orden no han hecho más comentarios. ¡Desde la Rat Central Station, Charlina Charlotona, devolviendo la conexión al estudio!

¡CLIC!

Metomentodo apaga el **TELEVISOR** con aire preocupado.

—¡Eh, que iban a dar las noticias deportivas! —protesta Brando, mientras mastica sus cereales preferidos.

Los primos Quesoso, reunidos para el desayuno, acaban de enterarse por el **INFORMATIVO** del robo perpetrado esa noche.

¡Me pregunto por qué Musquash no nos ha llamado!

—exclama Trendy.

—Supongo que, consumado el robo, le habrá parecido inútil despertarnos en plena **NO-CHE**… En cualquier caso, iré a echar un vistazo en persona —concluye Metomentodo.

—¡Yo también iría, primito, pero dentro de una hora tengo que estar con el señor Pepperoni! —exclama Brando, mientras se acaba de tomar la leche con un sonoro **¡SLURP!**

—¿Y tú, Trendy?

—¡Según la lista de tareas, esta mañana me toca fregar los platos y ordenar el vestuario de la Base Secreta! ¡Si Copérnica se lo encuentra tal como lo dejamos ayer, estoy **PERDIDA**! De acuerdo, llámame si hay novedades.

Tras una **DUCHA** rápida y un cambio de **TRAJE** igual de rápido, Supermetomentodo ya está surcando el cielo por encima de los rascacielos de la ciudad.

—¡*Sniff, sniff!* —olisquea el traje del héroe.

–¿ESTOY EQUIVOCADO, JEFE, O HAS CAMBIADO DE LOCIÓN?

—Estás en lo cierto: ¡es Esencia de Tranchete, antes usaba Agua de Gruyere! ¿Desde cuándo te interesan los perfumes?

—ES SOLAMENTE QUE, SI NO RECUERDO MAL, ÉSTA ES LA FRAGANCIA PREFERIDA DE UNA SUPERROEDORA DE CABELLO RUBIO... —responde el traje.

La mirada de Supermetomentodo se pierde en el horizonte, mientras susurra:

—**Lady Blue**...

Pero vuelve en sí al instante:

—Ejem, traje, ¡ahora tenemos otras cosas en qué pensar!

—*Ok, jefe. ¡Ya hemos llegado!*

SEGÚN LA CIENTÍFICA, USARON UN GAS ADORMECEDOR. ¡LOS GUARDIAS SE DESPERTARON POR LA MAÑANA!

¡AHORA VUELVO AL TRABAJO! ¡TENGO QUE HABLAR CON LA PRENSA!

¿NO LE PARECE RARA ESA COBRA DIBUJADA EN LA PARED?

¿HUM? YO NO VEO NADA...

¡LA PINTURA AÚN ESTÁ FRESCA! ¡LA HAN DIBUJADO ESTA NOCHE!

... RARO.

El descubrimiento de Supermetomentodo deja sin habla al **COMISARIO** Musquash.

—¿Insinuas que nos hallamos ante una banda de **ATRACADORES GRAFITEROS**? —pregunta el roedor. Mientras se limpia los restos de pintura del guante entre los balbuceos de protesta de su traje, Supermetomentodo formula una teoría.

—Podríamos considerarlo una especie de... **SEÑA DISTINTIVA**. Comisario, creo

50

que nuestros ladrones quieren que el DI-BUJO resulte bien visible. Debe de ser una especie de firma, un modo de darse a conocer. ¡Y me juego los guantes del SUPER-TRAJE a que muy pronto oiremos hablar de ellos! —concluye Supermetomentodo con expresión sombría.

L as ideas que se **AGOLPAN** en la cabeza de Musquash se ven interrumpidas por el **TIMBRE** de su móvil. El roedor responde con voz firme y decidida, asiente con gravedad y, tras un breve intercambio de palabras, cuelga.

—¿HAN SURGIDO PROBLEMAS, COMISARIO?

—pregunta el superhéroe de amarillo.

—Todo lo contrario. ¡Al parecer, han encontrado un testigo! —anuncia Musquash, bastante satisfecho.

—¿UN TESTIGO?

¿Cómo es posible? ¿Y de quién se trata? ¿Y dónde está ahora? —pregunta Supermetomentodo sin aliento.

El comisario Musquash esboza una sonrisa bajo sus **POBLADOS BIGOTES**, y señala una cámara de seguridad fijada a la **pared**.

Al poco rato, en las dependencias de la policía científica, el joven agente Timothy Ratchowski **INFORMA** de lo que ha descubierto. Supermetomentodo, Musquash y el policía no despegan la vista de la pantalla, que proyecta en blanco y negro las imágenes de la noche anterior.

—Al principio creímos que todas las grabaciones acabarían en el mismo punto: A LAS 23.04, exactamente un minuto antes del robo, la imagen desaparece porque, como hemos comprobado, los ladrones cortaron los **CABLES** de la centralita eléctrica que alimentaban las cámaras.

Después, para cerciorarme, revisé cada una de las cintas y hallé una que despertó mis sospechas. A aquella hora, los únicos que tenían acceso a los andenes eran los miembros del personal de **VIGILANCIA** y los pasajeros con destino al parque de Yellowcheese.

Ahora, observen bien quien está pasando por el **ÁNGULO INFERIOR, A LA IZQUIERDA...**

—y, diciendo esto, Ratchowski pulsa el **PLAY**.

En el monitor aparecen cinco personajes que miran a su alrededor con aire circunspecto. Musquash se

55

acerca a la pantalla para verlos mejor, pero no nota nada **RARO**.

Supermetomentodo, por el contrario, comprende en seguida de qué se trata.

**PERO ¡SI ÉSOS SON...
BLACKY BON BON
Y SU BANDA!**

El agente Ratchowski se lamenta, mientras la última imagen se funde en una sucesión de **RAYAS ELECTROESTÁTICAS**:

—por desgracia, la **CINTA** se detiene aquí.

Supermetomentodo permanece pensativo y Musquash estruja el sombrero entre las manos, y exclama:

—¡Han eludido la seguridad, disfrazándose de familia **FELIZ**! ¡Emitid una orden de busca y captura a todas las unidades!

—¡Esto no tiene el menor sentido!

—comenta Supermetomentodo, perplejo.

—¿La orden de detención? ¿Por qué? Es el procedimiento... —le responde Musquash.

–Si han sido Blacky y los suyos,

¿por qué no han saboteado las cámaras de seguridad en cuanto han llegado a la estación,

a fin de que no los reconociesen?

Musquash se ensombrece:

—Bueno, tal vez les pareció suficiente con el DISFRAZ... O bien algo se torció y no lograron desactivar a tiempo el sistema de vigilancia... —responde el comisario.

Supermetomentodo sigue ESCÉPTICO:

—Pues yo sigo preguntándome qué puede significar el dibujo de la cobra...

Unos minutos más tarde, fuera de la central, el comisario de POLICÍA vuelve a estar rodeado por una horda de periodistas a la espera de suculentas **NOTICIAS** sobre el caso más palpitante del momento. Mientras observa la improvisada rueda de prensa desde el tejado, de pronto Supermetomentodo tiene una idea.

—¿Quién es el muskratense que más entiende de ideogramas y símbolos orientales? —le pregunta el superroedor a su traje que, por una vez, guarda silencio.

–¡El Maestro Huang!, ¿no? ¡Vamos a su casa!

—exclama Supermetomentodo.

–¡Traje, modalidad planeador!

Entretanto, en el peligroso suburbio de Rotten Cheese, en un gimnasio abandonado hace años, diez hileras de AMENAZADORES NINJAS esperan a su jefe de pie, totalmente inmóviles. En la espalda de sus monos negros destaca el mismo SÍMBOLO DE LA COBRA dibujado en la estación, y llevan el rostro oculto por máscaras que solamente dejan al descubierto los ojos, haciéndolos indistinguibles.

SÓLO UNO DESTACA EN EL GRUPO:

¡Mide dos metros como mínimo y tiene las espaldas **anchas** como un armario de cuatro puertas!

De pronto, un anciano roedor surge de una portezuela y, con **PASO** lento y majestuoso, se aproxima al viejo *ring* de entrenamiento.

Cuando llega al **CENTRO** une la mano izquierda, hecha un puño, a la palma de la derecha, inclinándose en una profunda y respetuosa reverencia, que es respondida al instante por los **NINJAS** que tiene enfrente.

—¡DISCÍPULOS MÍOS!

—exclama con voz relajada y bastante vigorosa—. **ESTA NOCHE** habéis demostrado una gran habilidad. Yo, el Maestro Shun, estoy realmente orgulloso de vosotros, pero ¡esto no es más que el comienzo para Muskrat City! ¡Ahora, id a descansar, pues muy pronto necesitaremos

NUEVAS ENERGIAS!

Concluido el discurso, el Maestro Shun hace una nueva reverencia. A los pocos segundos, el grupo de ninjas se disuelve, dejándolo solo. Por un instante, una **MUECA** de satisfacción se dibuja en el rostro impasible de Shun, que ahora ya siente próximo el día en que hará realidad sus **SUEÑOS DE CONQUISTA**.

D emos un paso **ATRÁS...**
Es primera hora de la mañana y el despertador de Mákula Bon Bon aún no ha sonado. Caminando de **PUNTILLAS,**

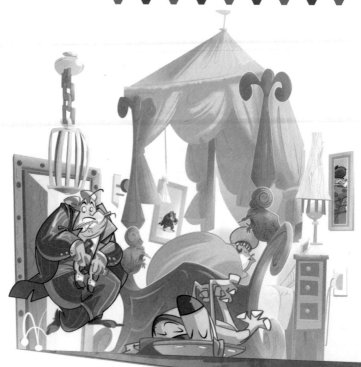

Blacky entra en la habitación, quitándose primero un **ZAPATO** y luego el otro. Un ruido imprevisto lo sobresalta, pero sólo son Elf y Burf, que roncan profundamente.

¡INCLUSO CUANDO DUERMEN, ESAS DOS PESADILLAS SON CAPACES DE PONERME NERVIOSO!

piensa el señor de Putrefactum, mientras se pone un **pijama** gris oscuro. El jefe de los Fétidos se masajea las sienes doloridas:

—¡QUÉ DOLOR DE CABEZA!
¡ESTO SÓLO LO ARREGLA UN BUEN SUEÑECITO!

En cuanto haya descansado, podré pensar con calma y entender qué ha pasado.

UOOOAOOO...

Y ahora, lo mejor será dormir…

Apenas ha cerrado los ojos, cuando el despertador empieza a sonar.

¡BIP! ¡BIP! ¡BIP! ¡BIP! ¡BIP!
¡BIP! ¡BIP! ¡BIP! ¡BIP!

Blacky estira el brazo para desactivar el timbre y entonces…

—BUENOS DÍAS, BOMBONCITO…

—susurra Mákula con voz suave—. ¿Has dormido bien?

—¡FENOMENAL! —responde Blacky, inquieto—. ¿Sabes qué te digo? ¡Esta mañana prepararé yo el desayuno! ¡Zumo de fruta, huevos revueltos, PASTELILLOS y una buena taza de leche caliente!

Blacky se pone rápidamente la bata y las zapatillas de FRANELA color gris rata y se apresura a salir de la habitación. Sólo logra dar unos pocos pasos, antes de que Mákula lo detenga, IMPLACABLE:

—Todas estas atenciones me hacen pensar que tu plan se ha ido al traste, ¿no es así?

—Hum, pero ¿de qué me estás hablando, Makulita?

—replica Blacky.

—Sólo te muestras tan solícito, cuando no has logrado obtener lo que me habías prometido. ¡De lo que deduzco que el robo al tren de los diamantes ha sido un fracaso!

¿Qué ha pasado esta vez? ¿Musquash? ¿Los superhéroes? ¡DESEMBUCHA!

—¡Grrr! —resopla Blacky—. No… nada de todo eso. Y lo peor de todo es que… ¡no lo sé! Estábamos a punto de ir a por los diamantes, cuando todos nos hemos quedado DORMIDOS de golpe. ¡Y no sólo nosotros, los guardias también! Nos hemos despertado en la estación con un terrible dolor de cabeza y nos hemos escabullido antes de que nadie nos **VIESE**... Pero ¿qué te parece si seguimos hablando mientras desayunamos?

Mientras Blacky le explica lo sucedido a una recelosa Mákula, muchos metros por encima, en **Muskrat City**, Yo-Yo acaba de encontrarse con Supermetomentodo en el gimnasio del sabio Maestro Huang. Los dos superhéroes llaman varias veces a la puerta del anciano roedor, sin obtener respuesta. Preocupados, deciden entrar de todos modos. El gimnasio parece desierto.

—¡Tú comprueba esta zona, yo miraré aquí!

—dice Supermetomentodo.

Con paso silencioso, el héroe recorre el largo pasillo de **MADERA** al que dan las estancias de la parte trasera, iluminado con velas que proyectan **SOMBRAS** danzantes sobre las paredes cubiertas de antiguas pinturas.

Un enigmático silencio flota en el aire: parece como si hubiera retrocedido en el tiempo, a la época de los ninjas y de los **SAMURÁIS**, como si la caótica metrópoli de Muskrat City se encontrara a años luz de aquel lugar.

A Supermetomentodo le queda una habitación por revisar: moviéndose lentamente, descorre la puerta tradicional Shonji, hecha de madera y papel de arroz, y pregunta con timidez:

Hum...
¿hay alguien ahí?
¿Maestro Huang...?

L a última estancia también está vacía. El héroe ya va a cerrar la puerta, cuando oye una voz familiar que lo llama.

¡SUPERMETOMENTODO!

¿EH? ¿QUIÉN ANDA AHÍ?

—pregunta el héroe, alarmado.

¿QUIÉN HA HABLADO?

—¿A tu viejo Maestro no reconoces, Supermetomentodo? —pregunta la voz.

—¡Maestro Huang! Pero ¡¿dónde...?!

—Estoy aquí arriba —contesta Huang.

Al alzar la vista, el héroe ve por fin a su Maestro colgado cabeza abajo de una de las vigas del techo.

–Vayavayavaya ¡¿Maestro, quién le ha hecho esto?! ¡¿Quién ha sido?!

¡Rápido, dígamelo, que se va a enterar!

—Yo mismo sido he —responde el Maestro con voz serena—. Un sueñecito echando estaba...

—Y dando un ACROBÁTICO SALTO MORTAL hacia atrás, Huang aterriza en el suelo.

—¿P-PERO, PERO, PERO QUÉ DICE? ¿UN SUEÑECITO EN EL TECHO?

—pregunta intrigado Supermetomentodo.

—¡Naturalmente! ¡Bueno para la espalda es! ¡Dormir cabeza abajo, como masaje hecho por luchador de sumo es: si quieto estás, muy relajante llegar a ser puede!

—responde el Maestro.

Luego, invita a Supermetomentodo y a Yo-Yo a unirse a él para tomar un **TONIFICANTE** té verde. Los tres se sientan en el suelo y guardan un riguroso silencio, mientras saborean la **humeante** bebida.

Tras el té, el Maestro Huang rompe el silencio:

—Imagino que no sólo venido habréis para despertarme y tomar té...

¡Siempre tenéis razón, Maestro! Queríamos enseñarle una cosa...

73

—¡TRAJE, MODALIDAD PIZARRA Y TIZA!

Mientras trata de reproducir el dibujo de la cobra que apareció en la estación, Supermetomentodo le explica al Maestro:

—¡Este **SÍM-BOLO** fue dibujado por los ladrones que anoche robaron los diamantes White Wonder! No dejaron ninguna pista, aparte de hum... ¡esto! He pensado que podríais reconocerlo...

Yo-Yo percibe un **FULGOR** en los ojos del Maestro, que se abren durante una fracción de segundo y vuelven a cerrarse bajo las pobladas cejas.

—**Hummm...** —susurra Huang, mientras se alisa la barbita con la mano.

—¡En efecto, lo conozco! ¡Ése el símbolo de la cobra es!

Supermetomentodo y Yo-Yo se miran perplejos:

—¡ESO YA LO HABÍAMOS INTUIDO!

Queríamos saber si identifica a alguna banda. Si tiene algún significado especial... —lo apremia la joven roedora.

Las palabras de Yo-Yo caen en el vacío.

El Maestro Huang hace una extraña mueca:

—¡Ya dicho os lo he! ¡Este símbolo de la cobra es, más no sé!

Supermetomentodo va a preguntarle algo más, cuando su teléfono empieza a sonar.

—Es Magnum —anuncia el héroe—, dice que se ha cometido otro robo.

¡DEBEMOS REUNIRNOS CON ÉL CUANTO ANTES!

Al igual que el revestimiento de titanio del vagón del tren, la puerta de la cámara acorazada de la mansión del Gran Conde-Duque Adalberto GentilRatón, ha sido CORTADA con precisión de cirujano. Y en la pared han pintado una gran cobra.

¡Qué hogog, qué hogog! ¡Me voy a desmayag!

—lloriquea con sus aristocráticas «erres» el roedor recién DESVALIJADO—. ¡Esos bgutos ladgones lo han gampiñado todo! ¡Pgeciosos candelabgos, sellos cagísimos e incluso una colección completa de ggaciosas copas de cgistal en fogma de lagagto!

—¡Vamos, que se han llevado todo lo que tenía ERRE! —se le escapa a Magnum, que acaba de unirse a sus SUPERCOLEGAS en el escenario del robo.

—¿Cómo dice, pog favog? —pregunta el noble, mientras se seca las lágrimas con un pañuelo.

—Ejem, ¡no, nada! —zanja el héroe.

–¡Es increíble!

—exclama sorprendido Supermetomentodo, al observar el corte tan sumamente preciso en la puerta acorazada. Musquash, que justo ha acabado de interrogar al último guardián de la mansión, se une al trío de superhéroes.

¿HA DESCUBIERTO ALGO, COMISARIO?

—pregunta Yo-Yo.

—Nada nuevo, me temo. ¡Todos los guardias se han dormido de golpe y acaban de despertarse hace sólo unos minutos con un terrible **DOLOR DE CABEZA**!

—¡Como los vigilantes de la estación! —lo interrumpe Supermetomentodo.

—Ya —admite Musquash—. ¡Y tampoco esta vez **NADIE** ha visto ni oído nada! Y eso que el sistema de seguridad del Gran Conde-Duque es uno de los más sofisticados de la ciudad. La puerta de la caja fuerte puede resistir **ALTAS TEMPERATURAS**, el suelo está electrificado y una red de rayos infrarrojos barre la superficie de la sala de forma aleatoria, detectando a cualquiera que los roce.

—¡RECÓRCHOLIS, COMO EN AQUELLA PELÍCULA DE NINJAS!

—exclama Magnum.

—Hum… ¿has dicho ninjas? —reflexiona Yo-Yo.

—Sí. ¿Te acuerdas de la **PELICU-LA** *Rebelión Ninja*? ¡Un ninja entra en la sala de su archienemigo SALTANDO

DE UNA PARED → A otRA!

—prosigue Magnum con entusiasmo—. ¡Eso podría explicarlo todo! Si los ladrones fueran **NINJAS**, podrían burlar fácilmente los sistemas de seguridad: ¡son extremadamente **ÁGILES** y **SILENCIOSOS**!

—Y podrían haber usado un gas adormecedor para **neutralizar** a los vigilantes… ¡Como en la película *Venganza ratonil*! —añade Yo-Yo.

—¿Y esos cortes tan limpios en el vagón y en la puerta de la cámara acorazada? —pregunta Supermetomentodo a sus supercolegas, que parecen dos expertos en ninjas y cosas por el estilo.

-Verás... ¡si se trata de ninjas, la explicación es sencilla!

—afirma Magnum sin titubear.

—¡En efecto! —asiente al momento Yo-Yo—. ¿Cómo no se nos había ocurrido antes?

Supermetomentodo está PERPLEJO:

—Hum… ¿Me lo podríais explicar a mí también?

-¡UNA KATANA!

—exclama Magnum.

—Ah, ya, claro, una ka… ¡¿Quééé?! —pregunta Supermetomentodo, más confuso que antes.

Yo-Yo toma la palabra:

—Es una **espada japonesa** típica que, si se sabe usar, ¡puede cortar por la mitad edificios enteros!

-¡¿ES ESO POSIBLE?!

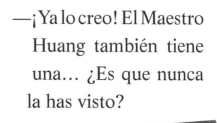

—¡Ya lo creo! El Maestro Huang también tiene una… ¿Es que nunca la has visto?

**—HUMMM, NINJAS...
GAS ADORMECEDOR...
ESPADA AFILADÍSIMA...**

Supongo que es una buena pista, pero se necesitan más pruebas.

Mientras los superhéroes y los agentes ya se disponen a abandonar la mansión, suena el TIMBRE de un teléfono: es el de Musquash, que se apresura a responder.

—Indicios de un nuevo robo —les explica el comisario a los superhéroes después de colgar—. ¡Me temo que, **NINJAS** o **NO NINJAS**, los apuros que nos hará pasar esta Banda de la Cobra no han hecho más que empezar!

... Y CON EL DE HOY, YA ASCIENDEN A DIEZ LOS ROBOS DE LA TRISTEMENTE CÉLEBRE...

HANNEL

... BANDA DE LA COBRA. ESTA MAÑANA, AL AMANECER, EL CONOCIDO SÍMBOLO HA APARECIDO...

... EN LA FACHADA DE LA SEDE CENTRAL DE CORREOS DE MUSKRAT CITY. TODO PARECE INDICAR QUE LA POLICÍA...

... ESTÁ COMPLETAMENTE DESBORDADA POR ESTA OLA DE ROBOS. LO QUE TODOS LOS MUSKRATENSES SE ESTÁN PREGUNTANDO ES...

TELE CRÍTICO

¡¿¡¿QUÉ HAN HECHO HASTA AHORA LOS SUPERHÉROES?!?!

¡GLUPS! ¡TODA LA CIUDAD LA HA TOMADO CON NOSOTROS!

¡SI SUPIERAN QUE ESTAMOS HACIENDO TURNOS DOBLES Y HASTA TRIPLES PARA ATRAPARLOS!

¡EL PROBLEMA ES QUE SIGUEN ROBANDO IGUALMENTE! ¡ES IMPOSIBLE PREVER SUS OBJETIVOS!

¡UN VERDADERO SUPERHÉROE NUNCA CEDE AL DESÁNIMO! AHORA ME TOCA A MÍ PATRULLAR LA CIUDAD... ¡ALGO DESCUBRIRÉ!

Los informativos de la **NOCHE** cierran otra difícil jornada en Muskrat City. El **CREPÚSCULO** tiñe los tejados de las casas con su luz anaranjada. Y es precisamente desde los tejados desde donde Supermetomentodo escudriña la ciudad: salta **VE-LOZMENTE** de un edificio a otro gracias a las botas, que su traje ha transformado en *supermuelles*.

Todo parece tranquilo, pero nuestro héroe está seguro de que en alguna parte, entre las sombras, la banda de peligrosos criminales está preparando su próximo golpe.

PERO LA BANDA DE LA COBRA COMETERÁ UN ERROR TARDE O TEMPRANO... ¡Y ESTA VEZ NO NOS PILLARÁN DESPREVENIDOS!

—afirma el superhéroe de amarillo.

—*¡Bien dicho, superjefe!* —le responde el traje.

—CÓMO SUPERHÉROES TENEMOS UNA MISIÓN QUE CUMPLIR: ¡DETENER A LA BANDA DE LA COBRA A CUALQUIER PRECIO!

—declara Supermetomentodo, mientras salta por encima de un rascacielos, dispuesto a liberar **Muskrat City** de la terrible amenaza de los criminales desconocidos.

B lacky Bon Bon está **FUERA DE SÍ** en su roca subterránea. ¡La Banda de la Cobra le está birlando un montón de fabulosos golpes en sus propias narices!

—¡ESOS NINJAS... Y ESO QUE PRACTICAN... ESE WASABI... LOS DETESTO!

—brama, al tiempo que estrella el puño contra el escritorio de su despacho, ante sus **esbirros** puestos en fila el uno junto al otro.

—Papi, te estás refiriendo al kung-fu, ¡el WA-SABI es una salsa picante! —lo corrige Fiel Bon Bon, entrando en la sala.

—Bah, tanto da una cosa como otra… ¿Qué novedades me traes? —pregunta Blacky.

TENGO UNA BUENA Y UNA MALA NOTICIA. ¿CUÁL QUIERES SABER PRIMERO?

—le responde Fiel. Blacky adopta una expresión seria.

—HUM… LA MALA.

—Hace unos minutos, la Banda de la Cobra ha actuado por undécima vez. Ha asaltado un **FUR-GÓN** blindado —afirma Fiel, antes de hacerse explotar en plena cara un globo de chicle tan grande como una pelota de tenis.

—¿NO SIENTES CURIOSIDAD POR SABER LA BUENA NOTICIA, *ETCÉTERA*?

—PARA SERTE SINCERO, NO. NO ESTOY DEMASIADO INTERESADO

—le responde Blacky con voz lúgubre.

—Bah, pues haces mal —exclama Fiel—, porque lo que he venido a decirte es que la Banda de la Cobra no ha tocado ni uno de los sacos repletos de BILLETES: esta vez lo han dejado todo allí, *etcétera*.

Superada la sorpresa inicial, la joven rata de alcantarilla recibe un ALUVIÓN de preguntas.

—¿Có-cómo es posible que no hayan cogido NADA? ¡¿Para qué asaltan el furgón blindado si después se dejan todo el dinero?!

Fiel se encoge de hombros: sólo sabe que en todas las sacas robadas o, mejor dicho, NO RO-

BADAS han dibujado el habitual símbolo de la cobra y también en el furgón, que ha quedado literalmente cubierto de

GRAFITOS.

—Esto no tiene ningún sentido —sigue diciendo Blacky—: ¡¿Qué clase de criminal da un golpe como éste... y abandona el botín?!

—¡JEFE, CREO QUE ACABO DE TENER UNA IDEA GENIAL!

—interviene Katerino—. En Muskrat City sólo se habla de la Banda de la Cobra y, con el debido RESPETO, Jefe, el nombre de Blacky Bon Bon ahora se cotiza muy a la baja entre la policía…

—Grrr... —gruñe Blacky, malhumorado.

—Déjeme acabar. ¡Podríamos aprovechar este momento de… hum, digamos bajón, para robar un banco e inculpar a la Banda de la Cobra!

—Katerino tiene razón —tercia Fiel—: ¡Bastará con dibujar su símbolo en el lugar del golpe y todo el mundo les echará la culpa a ellos!

—¡MUY BIEN! ¡ME HABÉIS CONVENCIDO! ¡KATERINO, ORGANIZA EL GRUPO PARA EL ASALTO!

—ordena Blacky.

—¡Haremos que esas cobras parezcan… miserables lagartijas! **¡JAR, JAR, JAR!**

Unas horas más tarde, en el silencio de la noche, un haz de luz aparece en el cielo de Muskrat City: una gigantesca «S» amarilla y roja, visible en toda la **CIUDAD**.

Es la Rat-señal, un faro situado en la azotea de la comisaría de policía, que Musquash acaba de accionar para requerir la ayuda de los **SUPERHÉROES**. Supermetomentodo, que regresa de su ronda de vigilancia, ve la señal y avisa inmediatamente a sus dos compañeros.

En cuanto el comisario ve aterrizar a Supermetomentodo y a los suyos, exclama:

—¡Chicos, por fin habéis llegado!

—¿Qué sucede, comisario? —pregunta Magnum, mientras desciende de su *scooter* volador.

—¿POR QUÉ MOTIVO NOS HA LLAMADO?

—Hum… pues a decir verdad, no he sido yo quien ha convocado esta reunión… —responde **MUSQUASH** con voz insegura—, ¡sino ella! De las sombras emerge la silueta de una superheroína de **cabello rubio**, a la que los tres compañeros conocen muy bien.

—**¡Lady Blue!** —exclama feliz Supermetomentodo.

—Hola, Supermetomentodo, hacía tiempo que no nos veíamos, ¿eh? —le responde la superheroína, correspondiendo a su afectuoso saludo con una amplia **SONRISA**.

—Ejem… ejem… yayaya, eso, eso mismo… ¡No me gusta! ¡Quiero decir, eso de no vernos!

—responde el héroe, más azorado que nunca en presencia de su **amada**.

Yo-Yo tose dos veces y logra devolverlo a la realidad:

—Así pues, ¿para qué nos has citado aquí a estas horas de la **NOCHE**...? ¿Hay alguna novedad? ¿Has descubierto dónde se oculta la Banda de la Cobra?

DESGRACIADAMENTE, NO, YO-YO, PERO ¡TAL VEZ SÍ SEPA POR QUÉ ESTÁ PONIENDO MUSKRAT CITY PATAS ARRIBA!

E l comisario Musquash la apremia:

—¡No nos tengas en ascuas, Lady Blue!

—Bien —comienza diciendo la **SUPERHE-ROÍNA** de la melena rubia—, mi conclusión es que el objetivo de la **BANDA DE LA COBRA** no son los robos en absoluto.

—*¡Pues eso no es lo que se desprende de los más de veinte hurtos perpetrados los últimos diez días!* —interviene la capa de Supermetomentodo con voz pedante, aunque es conminada a callarse al instante.

—Es cierto, pero parece como si esta banda **ACTUASE AL AZAR**, y sin interesarse por el botín: ¡tras los dos primeros golpes, ha empezado a abandonar el fru-

to de sus robos! Puede que estén buscando algo…
—insiste Lady Blue.

–O A ALGUIEN···

—interviene Supermetomentodo—. Alguien que sabe quiénes son, en definitiva… ¡alguien que podría reconocerlos!

La superheroína, con las **MIRADAS INTERROGATIVAS** de todos puestas en ella, prosigue:

—Creíamos que el símbolo de la cobra era la *firma* de sus robos. Pero pensadlo: han dejado de llevarse los **BOTINES**

en cuanto los medios de comunicación han empezado a hablar de ellos sin parar. Desde entonces, no hay ciudadano de **Muskrat City** que no los haya oído mencionar.

No se trata de unos criminales cualesquiera:

¡LOS ROBOS SON UNA EXCUSA PARA DARSE A CONOCER, O QUE SE LOS RECONOZCA!

Musquash también empieza a verlo claro:

—Entonces, si ahora abandonan el botín, no es porque nuestra llegada los interrumpa…

¡LO HACEN A PROPÓSITO!

Lady Blue, que ha estado escuchando en silencio la teoría de Supermetomentodo, interviene al fin:

—Todo esto tiene sentido. Pero ¿quiénes quieren que se les reconozca y por qué?

—¡NO TENGO NI IDEA!

—admite apesadumbrado, Supermetomentodo.

La superheroína interpela a sus amigos:

—Empecemos por el símbolo. ¿Le habéis preguntado a Huang qué opina?

—¡SÍ: no sabe nada!

—responde Supermetomentodo.

—Ok. Pero ¡existe un lugar en Muskrat City donde podremos hallar información útil! ¿No es así? —comenta Lady Blue.

Supermetomentodo no sabe a qué se refiere, pero para no hacer el **RIDÍCULO**, responde:

—¡Claro! Quieres decir… hum… el…

Disimuladamente se acerca a la capa, que le susurra la respuesta.

Supermetomentodo exclama:

—¡El musgo de Alce Otoñal!

Se produce un atónito silencio, que por fin rompe Lady Blue:

—Creo que el traje había sugerido… ¡el Museo de Arte Oriental!

Yo... Sí, CREO, QUE Sí. ESTO, PERO ¡YA LO SABÍA!

Lady Blue le sonríe, condescendiente.

—En el museo hay una vasta sección dedicada a la historia de los símbolos. Me voy para allá **INMEDIATAMENTE**, vosotros, entretanto tened los ojos bien abiertos, ¡os lo ruego! —Y desapareció.

Tras pasarse horas hojeando libros en la biblioteca del museo, Lady Blue da por fin con uno que habla de las grandes escuelas de **artes marciales ninja**. Ahí se menciona una Escuela de la Cobra de Plata, que tenía su sede justamente en Muskrat City. Lady Blue empieza a leer en voz alta acerca de una **LUCHA** que cambió para siempre el destino de la escuela…

La superheroína sigue leyendo el relato con un **hilo de voz**:

—Los dos discípulos poseían un estilo de combate muy distinto: el primero adoptó una técnica basada en el ataque, con golpes **directos** y **poderosos**. Se decía que la potencia de su patada era capaz de cambiar el curso del agua de una **CASCADA**. El segundo discípulo era justo lo contrario: tranquilo, pacífico, de pocas palabras. Con el paso de los años había desarrollado una técnica fuera de lo común, basada fundamentalmente en la defensa, construida sobre movimientos **RÁPIDOS** y PRECISOS, que aprovechaba la propia fuerza del adversario. Consideraba las artes marciales un instrumento de disciplina y reflexión: mediante el control del cuerpo se podían aprender grandes LECCIONES de uno mismo. El combate fue muy largo y hasta el séptimo día no cayó derrotado uno de ellos. Su nombre era Shun, mientras que el título de Maestro fue para…

La voz de Lady Blue **ENMUDECE** de golpe. En el silencio de la biblioteca todos los ruidos se amplifican, incluso el **TIK TIKTIK**, casi imperceptible, de unos pasos que avanzan en la oscuridad.

—¿Hay… hay alguien ahí? —pregunta la roedora.

Pero sus palabras caen en el vacío.

Tras oír otra serie de pasos amortiguados a su izquierda, Lady Blue tiene la certeza de que no está sola. Coge el libro y sale disparada

A TODA VELOCIDAD

hacia la salida de la biblioteca.

Cuando apenas le faltan unos pocos metros, un **RELÁMPAGO NEGRO** se detiene frente a la puerta, cerrándole el paso. ¡Es un ninja de la Banda de la Cobra!

Ambos se miran fijamente a los ojos un instante: Lady Blue sostiene la **MIRADA** del desafiante ninja, pero en seguida decide que, por el momento, la mejor táctica es... **¡la huida!** Así que echa a correr por el pasillo, gira a la derecha y llega hasta un ventanal abierto, que se recorta en una pared muy alta. Veloz como el viento, lanza su garfio para poder alcanzar su vía de escape. Con un

CLAC seco, el gancho queda sujeto al marco y **Lady Blue** empieza a escalar la pared, pero cuando ya se encuentra a pocos centímetros de la meta, un guerrero corta limpiamente la cuerda con una estrella ninja, haciéndola **caer**.

–OK, SI NO QUEDA OTRO REMEDIO... ¡ALLÁ VAMOS!

—grita la intrépida superheroína de azul.

Pero entonces, de detrás de una de las estanterías de **MADERA** de la biblioteca, surge otro ninja,

106

¡mucho, muchísimo más grande!

Es el mismo energúmeno que en el gimnasio destacaba de todos los demás por sus dimensiones de armario. La mitad de su SOMBRA basta para cubrir por completo a Lady Blue que, horrorizada, comprende que ha caído en una TRAMPA...

A la mañana siguiente, los pajarillos trinan felices entre las ramas del Muskrat Park, ajenos a la **DEVASTACIÓN** de la noche anterior. La ciudad se ha despertado literalmente **TAPIZADA** con el fatídico símbolo de la cobra: edificios, vallas publicitarias, automóviles, casas, cabinas telefónicas, buzones, escaparates, ¡ninguna **SUPERFICIE** se ha librado!

Metomentodo se arrastra por la Mansión Quesoso, soltando un sonoro bostezo tras otro.

—**¡QUÉ BIEN HE DORMIDO!** Me hacía mucha falta, tras la última nochecita… —exclama, con la voz todavía pastosa de sueño.

Y entonces mira por la ventana:

–¡Vayavayavaya!

¡Cuántos coches! Pero ¡¿la gente no debería estar de vacaciones?!

El 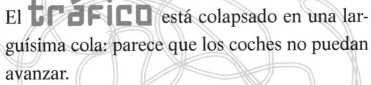 está colapsado en una larguísima cola: parece que los coches no puedan avanzar.

Tras aguzar la vista, Metomentodo se percata de que las luces del semáforo de la encrucijada están cubiertas por unos círculos blancos... ¡¡¡con una cobra dibujada!!!

–¡Bananas espaciales! ¡¡¡Ellos otra vez!!!

—exclama el superroedor.

—Primo, ¿estás despierto? —grita Brando desde la habitación de al lado.

—¡Estoy en el pasillo! —responde Metomentodo—.

¿Has visto
el semáforo de ahí fuera?

—Sí, y he escuchado la radio: ¡al parecer, toda la ciudad está cubierta con esos símbolos!

—¡Eso **CONFIRMA** mi hipótesis!

—Por cierto… ¿hay noticias de Lady Blue? —pregunta Brando.

—No. No creo que haya encontrado nada… —responde Metomentodo, sin imaginar lo que le ha sucedido a su **amada**.

Después también se despierta Trendy, y los tres se reúnen para **DESAYUNAR** juntos en la cocina.

Casi parece una mañana como otra cualquiera, pero, de pronto, la *PREVISIÓN METEOROLÓGICA* se interrumpe, ¡y en la pantalla aparece el símbolo de la cobra!

Un anciano roedor de largos cabellos blancos sonríe burlón y mira a la cámara.

Los tres primos se quedan boquiabiertos. Todos los canales han sido SABOTEADOS, y emiten el mismo videomensaje. La voz del roedor brota de la pantalla como una **ME LODÍA HIPNÓTICA**:

—Sabéis quiénes somos: vuestra ciudad ahora ya conoce muy bien nuestro símbolo —dice, apuntando con su dedo a la cámara y prosigue—:

¡ES INÚTIL QUE SIGAS ESCONDIÉNDOTE!

El encuadre se desplaza hasta Lady Blue, amordazada y atada a una silla.

—¡TENEMOS A LADY BLUE!

¡Si quieres volver a verla, ve a la torreta norte del Golden Cheese Bridge esta noche! **¡TÚ SOLO!**

La conexión se interrumpe, mientras Brando y Trendy miran estupefactos a Metomentodo, quien al ver a su adorada **Lady Blue** en peligro le ha dado un vuelco el corazón:

¡TE QUIERE A TI!

¡NO! ¡ES DECIR, NO LO CREO! ¡NO LO HABÍA VISTO EN TODA MI VIDA!

—responde su superprimo—. Pero una cosa sí es cierta, amigos míos: ¡estoy dispuesto a todo, con tal de salvar a Lady Blue!

¡Superhéroes en acción!

P or **trigésima** cuarta vez, los superhéroes miran la extraña aparición *TELEVISIVA* de la Banda de la Cobra y a su líder. Supermetomentodo estudia la **CINTA** fotograma a fotograma, en busca de un elemento que pueda desvelar su escondite.

—¿*Cuántas veces más vas a verla, jefe?* —pregunta el traje, pero no obtiene respuesta.

—¡TIENE RAZÓN!

—convienen Magnum y Yo-Yo—. ¡Ya basta de este vídeo: no sirve de nada!

En efecto, por mucho que Supermetomentodo se concentre, no ha encontrado ni la **menor pista**. Sólo la idea de pensar en que Lady Blue está en poder de esos ninjas, quién sabe dónde, lo atormenta y, por primera vez en su carrera de **SUPERHÉROE**, se siente totalmente impotente.

¿QUÉ TAL SI SALIMOS?
EL AIRE FRESCO NOS SENTARÁ BIEN...
¡Y TAL VEZ NOS TOPEMOS CON DOS O TRES
RATAS DE ALCANTARILLA QUE CAPTURAR!

—propone Magnum, con la intención de levantarle la moral a su supercolega.

Supermetomentodo preferiría quedarse en la Base Secreta, pero sabe que Magnum tiene razón. Se levanta decidido de la silla y exclama:

¡VAYAMOS A TRINCAR A UNOS CUANTOS SUPERCRIMINALES!

Entre chillidos de alegría, el trío sale a patrullar las **CALLES** de Muskrat City. Mientras tanto, en una de las principales arterias de la ciudad, un robusto roedor conduce su camión rojo **FUEGO** cuando, de pronto, una tapa de alcantarilla se levanta ante sus narices. De su interior surge el rostro de la rata de cloaca más **temida**: ¡Blacky Bon Bon!

El camionero **FRENA** de golpe y clava el vehículo a menos de medio metro de él, dejando en el aire un **INTENSO OLOR** a goma quemada.

Blacky Bon Bon acaba de salir de la alcantarilla y le lanza una torva mirada con sus ojos amarillentos. Lo siguen algunos de los más feroces miembros de la Banda de los Fétidos, que se alejan a toda prisa y entran en un edificio que está situado encima del Banco Ratonil.

—Y ahora, Katerin... Eh, pero ¿dónde se ha metido?

—pregunta Blacky alarmado a Uno, Dos y Tres, que se encogen de hombros. Le echa un vistazo al camión que ya ha *ARRANCADO*, y tiene un mal presentimiento:

—¡POR MIL CUCARACHAS RABIOSAS!

¿Y si ha ido a parar debajo del camión? No quiero ni pensarlo... **¡¡¡Katerinoooo!!!** Presa de la ansiedad, no se percata de que su asistente se encuentra detrás de él, mordisqueando unas galletas de queso.

JEFE, ESTOY AQUÍ.
¿SEGURO QUE SE ENCUENTRA BIEN?
¡LO NOTO NERVIOSILLO!

Como de costumbre, el jefe de las ratas da un brinco del susto y responde con un rugido:

—**¡Katerino!** ¡Te he dicho mil veces que no te me aparezcas así, por la espalda! ¡¿Dónde te habías metido?!

—¡En la **pastelería** de la esquina, donde venden estas exquisitas galletas! ¿Quiere una…?

Blacky le lanza una mirada amenazadora y ruge:

—**¡GRRR!** Vale. Dame una.

—QUÉ LÁSTIMA, SE HAN TERMINADO…

118

—le responde Katerino, sacudiéndose las últimas MIGAJAS.

Blacky decide ignorarlo y concentrarse en el plan:

—Escuchadme atentamente. He alquilado el piso en el que estamos ENTRANDO. Justo debajo de la cocina, se encuentran las cajas de seguridad del Banco Ratonil: haremos un AGUJERO en el suelo y Katerino y yo bajaremos a la cámara acorazada, nos apoderaremos de las cajas de seguridad, dibujaremos el símbolo de la cobra, vosotros tres nos subiréis, ¡y listos! Entretanto, algunos de los nuestros IRRUMPIRÁN en el banco para distraer a los empleados y a los clientes.

¡Pásame la taladradora!

¡Uno, saca de una gran bolsa negra una taladradora con una broca perforadora de cuarenta centímetros de largo!

¡DAME ESO, RÁPIDO!

—grita Blacky, cogiendo la herramienta.

—Ejem… Jefe… —dice Tres, dubitativo—,

¿no haremos ruido?

—¡Pues claro que lo haremos! ¡Por eso le ordené a Katerino que camuflase el apartamento!

120

En la puerta hay una placa de **LATÓN** que dice:

Clínica Dental del Dr. C. Ariado

En cuanto Blacky acciona el taladro, Katerino conecta una grabadora con **GRITOS**, a fin de mantener alejados a posibles «clientes» imprevistos.

Al cabo de unos minutos se oyen dos brocas y un montón de **ALARIDOS**; Blacky Bon Bon ha agujereado el suelo de la sala.

Katerino avisa a sus cómplices y les ordena que inicien la operación **EXTRACCIÓN**: cuatro ratas de cloaca entran en el banco, cubiertas con largos impermeables beis, a todas luces muy poco indicados para el intenso calor estival…

Hacen cola frente a las ventanillas y, cuando les llega el turno, arrojan los impermeables por los aires y se quedan en **LEOTARDOS**

DE COLORES. Parecen cuatro esquiadores fuera de la pista. Uno de ellos salta sobre el mostrador y reclama la atención de los presentes:

—¡SEÑORAS Y SEÑORES, ESTO ES UN ATRACO!

¡Metan en esta bolsa todas sus pertenencias y nadie se llevará ningún **TROMPAZO**!

Tras el pánico inicial, los muskratenses obedecen, mientras una de las ratas llama a Katerino y BLACKY:

—Aquí todo bien, los tenemos ocupados. Podéis proceder.

Entonces, Blacky y Katerino se cuelan en la cámara de las cajas de seguridad.

Todo marcha sobre ruedas: al cabo de tres minutos ya han **ARRAMBLADO** con todo lo de valor que han podido reunir, y sólo les queda pintar el símbolo de la cobra en una de las paredes para concluir el trabajo.

—Querido Katerino, ¿nunca te habían dicho que DIBUJAS muy bien? —pregunta Blacky Bon Bon.

—Hum… ¡la verdad es que nunca! —responde el LARGUIRUCHO roedor, perplejo ante el cumplido de su jefe—. Y ahora será mejor que espabilemos…

Mientras, el comando de ratas de cloaca en leotardos ha terminado su cometido: el botín es mediocre, pero solamente se trataba de una distracción…

Ya de nuevo en la fraudulenta consulta del doctor C. Ariado, Blacky da saltitos de alegría y coge del brazo a Katerino, que quisiera esfumarse: mejor no tentar demasiado a la suerte, que hasta el momento, EXTRAÑA-MENTE, ha estado de su parte.

—¡¿Quieres tranquilizarte, Katerino?! ¡Lo hemos logrado!

Mákula estará orgullo... —Pero aún no ha terminado la frase, cuando oye que LLAMAN a la puerta con insistencia.

—¡Sea quien sea, lo despacharé en un periquete! —exclama Blacky, mientras se dirige a la entrada a grandes zancadas.

—¡¿VOSOTROS?! ¿¡¿Cómo es posible?!?

—grita Blacky, al ver a los tres superhéroes—. ¡¿Cómo habéis logrado descubrirnos esta vez?!

Los tres superhéroes se miran **SORPREN-DIDOS**: la tarde había acabado sin el menor resultado y estaban a punto de regresar a la Mansión Quesoso, cuando Musquash los llamó para que echaran un vistazo en la zona del Banco Ratonil.

Magnum exclama:

—Ha habido varias **QUEJAS** de los vecinos de la finca: se oían demasiados gritos saliendo de esta clínica dental… ¡y no me sorprende, ya que están vuestras patazas de por medio!

Ya dentro del piso, Supermetomentodo añade:

PERO DIME, BLACKY,
¿QUÉ ME ESTABAS DICIENDO?
¿QUÉ HEMOS
DESCUBIERTO ESTA VEZ?

—Hum, nada, ¡nada en absoluto! ¡Lo habréis entendido mal! ¿No es así, Katerino?

Éste contesta en tono sarcástico:

—EN EFECTO, JEFE.

¡POR AQUÍ TODO ESTÁ TRANQUILO!

Sin embargo, detrás del lugarteniente asoman Uno, Dos y Tres con las pesadas sacas que contienen el botín y gritan:

—¡Ya hemos acabado, Jefe! ¡Hemos vuelto a tapar el boquete que usted ha hecho para entrar en el banco, y ya estamos listos para sacar de aquí toda la pasta!

¡PLAFF! Blacky se golpea el morro con una pata, exasperado por sus esbirros. Y Katerino murmura:

—JEFE, ME TEMO QUE ESO EQUIVALE A UNA CONFESIÓN...

En pocos minutos, la Banda de los Fétidos es inmovilizada y esposada.

En un espacio cerrado, la fuerza bruta de las ratas de cloaca poco puede hacer contra la agilidad y la destreza de los **SUPERHÉROES**. Justo en ese preciso instante, suena el teléfono de Supermetomentodo.

¡Comisario Musquash, estaba a punto de llamarle! No se creerá lo que hemos encontr...

—¡Me lo cuentas luego, Supermetomentodo! —lo interrumpe **MUSQUASH** con voz seria—. ¡Hemos descubierto dónde se halla la guarida de la Banda de la Cobra!

—¡¿QUÉQUÉQUÉ?!

—responde el héroe—. ¡¿Cómo lo ha logrado?!
—Uno de mis agentes ha reconocido un póster que se entrevé al fondo de la sala.

—Corresponde a un gimnasio **ABANDONADO** en el conflictivo barrio de Rotten Cheese, al que el agente había ido de pequeño—. ¡Ahora mismo vamos de camino hacia allí! —prosigue Musquash.

-¡YO TAMBIÉN QUIERO IR, POR FAVOR!

—le responde el superhéroe de amarillo.

—De acuerdo, pero se lo ruego, ¡sea prudente! Supermetomentodo llama y convoca a sus supercolegas.

—El **VÍDEO** ha sido grabado en un viejo gimnasio de Rotten Cheese: ¡si son tan astutos como parecen, ya lo habrán abandonado, pero debemos intentarlo!

—¡¿Y qué hacemos con éstos?! —pregunta Magnum, mirando a la banda de los Fétidos, **MANIATADA**.

—¡Ya lo pensaremos más tarde! —responde Supermetomentodo—. Sella la puerta y ya volveremos luego. ¡Musquash estará contento con el regalito que le vamos a hacer!

En el barrio de Rotten Cheese, en los alrededores del desierto gimnasio «Ratón se nace, guerrero se hace» todo está silencioso. Una brigada de agentes, dirigida por el comisario Musquash, está a punto de **IRRUMPIR** por la puerta principal, mientras las brigadas de apoyo permanecen apostadas en las salidas secundarias.

—¡Traje, modalidad ariete!

—ordena Supermetomentodo.

—*¡Et voilà, jefe! ¡Aquí tienes un estupendo ariete!* —le responde el traje, transformando al héroe en un gran CARNERO con cuernos.

130

—Muy chistoso, traje… ¡quería decir un ariete para **DERRIBAR** puertas!

Musquash y sus hombres usan a Supermetomentodo para echar abajo la puerta de entrada. La operación sólo dura unos minutos, así como el **REGISTRO**: el lugar ha sido abandonado hace poco. Entre los policías que van y vienen, Supermetomentodo se hace una promesa:

—¡Cueste lo que cueste, esta noche salvaré a Lady Blue!

E l Golden Cheese Bridge, que conecta las dos zonas de la **ciudad**, dividida por el río Castor, es el lugar convenido para el encuentro con la Banda de la Cobra.

SUPERMETOMENTODO ya está en lo alto de la torre norte del puente y escruta el horizonte, con la esperanza de divisar a su **amada** Lady Blue.

Se ha presentado solo, o al menos eso parece. El jefe de la Banda de la Cobra ignora que, ocultos en las **GÁRGOLAS** de los edificios de enfrente, se hallan sus dos **SUPERCOLEGAS**, dispuestos a intervenir en caso de peligro.

Al dar la medianoche, Supermetomentodo siente el cosquilleo de una ráfaga de aire en su hocico y, de pronto, el héroe se ve rodeado por un grupo de **NINJAS** con intenciones poco amistosas.

—¡EH! ¡¿PERO DE DÓNDE HABÉIS SALIDO VOSOTROS?!

¡¿CÓMO HABÉIS LOGRADO

LLEGAR AQUÍ ARRIBA?!

—pregunta el superhéroe, estupefacto.

Los guerreros se limitan a observarlo en silencio.

—¡así que volvemos a encontrarnos una vez más!

—exclama con voz estricta el roedor de barba blanca, que ha surgido de la **NADA** junto con Lady Blue, todavía atada—. Ha pasado mucho tiempo, ¿no es así?

> PERO… ¿QUIÉN ERES? YO NO TE CONOZCO, ¿POR QUÉ LA TOMAS CONMIGO? ¡LIBERA A LADY BLUE!

—Me has decepcionado. Te anuncié que vinieras **SOLO**, y en cambio…

Al instante, Supermetomentodo piensa en Magnum y en Yo-Yo.

—Hum… ¡no sé de qué me hablas! ¡He venido **SOLO**!

—Siempre has sido un tipo de pocas palabras, pero, en cambio, diría que tu alumno habla **DEMASIA-DO**... —responde el misterioso roedor.

—¿Eh? ¿Alumno? Pero ¿con quién hablas? Yo no...

—¡Hazte a un lado, Supermetomentodo! ¡Maestro Shun conmigo hablando está!

—resuena a su espalda la voz del Maestro Huang.

—¡Maestro Huang! ¡¿Qué hacéis aquí?! Y, además, ¿de dónde habéis **salido**?

Los dos ancianos maestros se escrutan sin hablar, en una silenciosa batalla de miradas.

—¿Alguien puede explicarme qué pasa? ¡¿Qué pinta el Maestro Huang en esta historia?!

—Yo... yo un **GRAN ERROR** cometido he. Verdadera identidad de los responsables sabía: el símbolo de la cobra **RECO-NOCÍ** cuando tú mostraste. Para ser Maestro Supremo de la Escuela de la Cobra de Plata, Shun y yo **CUARENTA** años atrás luchamos. Fue combate más terrible que yo recordar pueda, pero por fortuna vencedor salí y elegido Maestro fui. Shun gravemente herido quedó. Que practicar artes marciales ya jamás podría se dice. Pero ¡hoy aquí para obtener **venganza** está!

—¡Eres terriblemente perspicaz! Pero si ya lo habías comprendido todo, ¿por qué has esperado tanto para salir al descubierto? —rezonga Shun.

—Que te cansases de tantos robos cometer yo esperaba. Sin embargo, detenido vosotros no os habéis, incluso raptado a mi alumna predilecta habéis. Pero ¡esta noche, todo acabado habrá!

—Y, dicho esto, se pone en posición de defensa.

—¿LO HABÉIS OÍDO?

—pregunta Supermetomentodo a sus dos supercolegas, a través de un radiotransmisor oculto en la **MÁSCARA** del traje.

—¡Alto y claro! —responde Yo-Yo—. ¿Quién podría imaginar que el maestro Huang andase metido en toda esta historia?

—¡YAYAYA!
Convendría que vinierais aquí: el ambiente se está calentando...

—exclama Supermetomentodo.

—Ejem… sí… —responde Magnum, con voz algo vacilante—.

Estaríamos encantados de ir, pero en este momento tenemos una especie de, ejem,

¡DE... COMPROMISO QUE NOS RETIENE AQUÍ!

En efecto, justo en ese instante, varios ninjas surgidos DE LA NADA han rodeado a la pareja de superhéroes.

EN CUANTO NOS LIBREMOS DE ESTOS NINJAS, VAMOS PARA ALLÍ... ¡O ESO ESPERO!

Y así termina la comunicación radiofónica.

—Pensaba que saldrías a la luz para evitar los **ROBOS**, pero no funcionó. Entonces me acordé de que sientes un enorme afecto por tus alumnos... ¡Y aquí estás! —sigue diciendo Shun con voz **TRIUNFAL**. Supermetomentodo quiere ayudar a Huang, pero en cuanto da un paso, un ninja tan grande como una de las columnas del Museo de Historia Natural se le planta enfrente y lo mira **DE ARRIBA ABAJO**.

—Hum... ¡Caramba! ¡Estás hecho un grandullón, ¿eh?! ¡Tú de pequeño debiste de comer mucho queso!

Entretanto, los dos maestros se preparan para luchar.

PERO
¿QUÉ...?

ENTONCES,
¿BASTANTE
HAS TENIDO
YA?

Mientras tanto, en uno de los edificios situados frente al puente, Magnum y Yo-Yo huyen perseguidos por unos velocísimos **RELÁMPAGOS**, de los que sólo perciben el silbido.

¡ZING! ¡ZING! ¡ZING!

Son las estrellas ninja que el ejército de Shun está **lanzando** contra ellos.

—¡Por mil pizzas con queso picante!... —exclama Magnum.

143

—¡Si nos aciertan, acabaremos convertidos en lonchas! —concluye Yo-Yo, ocultándose tras la cabina de acceso al tejado.

—**EFECTO OBSTÁCULO... ¡¡¡OOOOOOO!!!**

—grita con todos sus pulmones, Magnum. Pero antes de que logre **DIRIGIR** el ataque, sus adversarios lanzan al suelo una esfera de humo y desaparecen. Entonces, sin un objetivo preciso, la oleada de «O» se pierde lentamente en el vacío, y el superhéroe se ve obligado a reunirse con Yo-Yo en su escondite.

La superprima no está teniendo mejor suerte. Cada vez que intenta **LANZAR** su arma, el objetivo se esfuma de repente.

—¡¿Por qué el Maestro Huang no nos enseñará a hacer estas **cosas**, en lugar de hablarnos con proverbios?! —protesta Magnum.

—¡Ya sabes cómo piensa Huang! *«¡Al adversario antes con la mente se le vence!»*

—responde Yo-Yo, sabiamente—. Aunque me temo que, en este caso, la mente no podrá hacer nada. ¡Nos iría muy bien tener un as en la manga!

—PERO ¡¿CÓMO HE PODIDO OLVIDARME?!

—exclama Magnum—. ¡No tengo un as en la manga, pero sí en el cinturón!

El superroedor se saca varios CD de música del **CINTURÓN**.

Y TODO ESTO... ¡¿QUÉ ES EXACTAMENTE?!

—pregunta Yo-Yo, intrigada.

—Bueno, no sabría decirte, los he hallado en el sótano. ¡Llevan escrito un nombre: Elvis Ratelo!

Magnum sale valerosamente de su escondite, y lanza los CD a sus adversarios como si fueran estrellas **NINJA**.

Pillados por sorpresa, al ser alcanzados por una ráfaga de CD voladores, los discípulos de Shun ruedan por los suelos como si fuesen BOLOS.

¡LO HAS CONSEGUIDO, MAGNUM! ¡LOS HAS DERROTADO!

—exclama Yo-Yo, abrazando a su superprimo. Pero, mientras tanto, los NINJAS han vuelto a ponerse en pie, se sacuden el polvo de la ropa y ya están listos para volver a presentar batalla…

Al mismo tiempo, en la torre, mientras Huang y Shun siguen **COMBATIENDO**, Supermetomentodo se las está viendo con el ninja gigante, también conocido con el cariñoso apelativo de «Osito».

—HUM... ENTONCES, ¿¿¿QUÉ TAL SE ESTÁ AHÍ ARRIBA???

—pregunta con ironía.

Osito le responde fulminándolo con la mirada, pero Supermetomentodo insiste:

—No eres un tipo muy hablador, ¿verdad? ¿Sabes?, creo que en una escuela ninja os deberían

enseñar estas cosas. ¡Pensaba en una asignatura del tipo «**Parloteo y patadas al aire**» Pero para Osito el rato de charla ha terminado: saca de su funda una honda ninja y trata de alcanzar a Supermetomentodo. El héroe evita el golpe sólo gracias a los poderes elásticos de su capa.

—Eh, superjefe, ¡presta más atención!

—protesta el traje.

El superroedor grita:

—¡Modalidad Kung-Fu!

Y lanza una frenética sucesión de golpes, acompañados de agudos grititos.

—TA-TA-TA-TA

Al cabo de unos minutos, un exhausto Supermetomentodo se apoya en el pecho del ninja, sólido como una pared de ladrillos.

–¡PUFFF, AHH… QUÉ CANSANCIO!

Creo que he llegado a los veintitrés movimientos, tal vez veintitrés y medio… Arf, arf… ¿ya tienes suficiente?

Pero **OSITO** lo mira impasible desde su altura: los veintitrés golpes y medio le han hecho COSQUILLAS.

Tras resoplar ligeramente, comienza a lanzar piedras en dirección a Supermetomentodo.

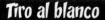

Para esquivarlas, el héroe se ve obligado a retroceder y, un paso tras otro, acaba encontrándose en el borde de la torre: las oscuras AGUAS que se agitan al fondo, le provocan un ESCALOFRÍO.

—¡Al parecer ha llegado tu hora, payaso! —ruge Osito.

—¿Sabes qué? ¡Me gustabas más antes, cuando no hablabas! —exclama Supermetomentodo.

—PERO ANTES DE ARROJARME DEL PUENTE, DEJA QUE TE HAGA UNA PREGUNTA.

El ninja guarda silencio y Supermetomentodo continúa:

—Con esta honda has abatido a muchos enemigos, tienes una puntería infalible y disparas a una

VELOCIDAD SUPERSÓNICA,

¿no es así?

Osito hace un gesto afirmativo.

—Muy bien, pues… ¡a ver si me das!

Y de repente grita:

—¡Traje, modalidad Blanco Móvil!

Osito prueba el primer tiro: el objetivo es perfecto, pero en el último instante Supermetomentodo se aparta y la piedra se precipita al vacío. Con el segundo tiro logra dar en el blanco y exclama en tono arrogante:

—¡PSÉ! NO ME PARECE GRAN COSA ESE DESAFÍO TUYO...

—En realidad es que no lo es, lo admito, pero ¡¿a que no te has dado cuenta de que, por querer **ACERTARME**... has acabado al borde de la torre?!

¡Osito mira a su alrededor y descubre horrorizado que Supermetomentodo tiene razón! Bastaría **EMPUJARLO** con un dedo para mandarlo a bañarse al río.

—SI TE RINDES, LO DEJAMOS AQUÍ, ¿DE ACUERDO?

—*¡Esta vez la jugada nos ha salido bien, superjefe! ¡Nunca hubiéramos logrado echarlo abajo!* —le susurra al oído el traje, en cuanto Supermetomentodo ha **esposado** a Osito.

—Ya, pero será mejor que no se lo digamos —responde sonriente el héroe.

Mientras que Supermetomentodo ha vencido en su combate, Huang y Shun, por el contrario, aún siguen luchando. Esta vez no se trata de adjudicarse el título de **MAESTRO SUPREMO**, sino de ajustar cuentas con el pasado de una vez por todas. Uno frente al otro, ambos se preparan para la pelea de la que tendrá que salir el vencedor definitivo. La tensión está al *máximo* y los ninjas, que han formado un círculo alrededor de los dos contendientes, esperan expectantes. Tanto Shun como Huang cierran los **OJOS**, haciendo acopio de sus últimas fuerzas. Luego, echan a **CORRER** al mismo tiempo el uno contra el otro.

153

–¡ÁNIMO, MAESTRO HUANG!

—grita Supermetomentodo para animarlo. Por desgracia, la voz de su alumno distrae a Huang y Shun lo aprovecha para asestarle una **TE-RRIBLE** patada volante, que derriba a su adversario y lo deja tendido en el suelo.

El tiempo se detiene. Shun respira con dificultad, pero **EXULTANTE**, mientras su rival sigue en el suelo, desfallecido.

Entretanto Lady Blue, aún ATADA, ha logrado librarse de la mordaza y grita:

—¡¡¡MAESTRO HUAAANG!!!

Pero el anciano roedor no responde.

—¡JA, JA, JA, JA! ¡LA VICTORIA ES MÍA!

—anuncia Shun satisfecho, con el puño alzado hacia el cielo.

La Banda de la Cobra lo aclama a coro: por fin, Shun ha logrado desquitarse.

—¡DETENTE!

—Una voz temblorosa se eleva entre los gritos de alegría de los ninjas. Es el Maestro Huang, que trata de ponerse en pie, pese a estar terriblemente cansado.

¡VENGA, HUANG, NO COMETAS MI MISMO ERROR!

—exclama Shun—. Conseguiste el título de Maestro del Consejo de los Siete Sabios porque yo estaba demasiado convencido de mi **poder**... ¡Hoy te estás comportando del mismo modo! Pero ya te han abandonado las fuerzas: si me atacas ahora, ¡sólo lograrás **HACERTE DAÑO**! ¡Ya no eres tan joven como antes! Huang, sin escuchar a su adversario, avanza

LENTAMENTE.

Supermetomentodo corre a socorrerlo y lo sostiene.

—Maestro… no me satisace reconocerlo, pero ¡Shun tiene razón! Ahora estáis demasiado **DÉBIL**… Sé que es difícil, pero hay que saber aceptar la derrota. Me habéis enseñado que *«Derrota igual que corbata turquesa con lunares violeta recibida como regalo es: aceptarla debes aunque fea sea»*, ¿lo recordáis?

—Mis enseñanzas recuerdas muy bien: ¡ésta la mayor de las satisfacciones para Maestro es! Pero ahora, ¡ocuparme de Shun debo! —Y, dicho esto, el anciano roedor se suelta del brazo de su discípulo y se prepara para el contraataque, acumulando en sus puños

UNA OLA DE ENERGÍA…

Al ver la postura que ha adoptado Huang, Shun enarca una ceja y su rostro muestra una expresión preocupada.

—¡NO ES POSIBLE, VA A INTENTAR EL GOLPE DE LA COBRA DE PLATA!

—exclama con un hilo de voz.

Huang canaliza toda su energía hacia el puño derecho, que emite un ligero plateado. Si quiere evitar ser derrotado, Shun deberá impedir que Huang logre cargar por completo el golpe. Para ello, se lanza describiendo un último salto acrobático.

¡¡¡HUANG, HA LLEGADO TU FIN!!!

—grita, mientras cruza la torre volando.

En ese mismo instante, el Maestro Huang descarga el golpe de la Cobra de Plata y, por un instante, Supermetomentodo, Lady Blue y la Banda de la Cobra tienen la impresión de ver cómo se **MATERIALIZA** alrededor del roedor una gigantesca serpiente de **espiras** plateadas, que brillan en la oscuridad nocturna.

El golpe de Huang ha alcanzado de lleno su **OBJETIVO**, obligando a Shun a rendirse. De nuevo, como ya sucedió años atrás, Huang ha salido victorioso del combate.

Al ver a su adversario en el suelo, el anciano roedor también se desploma **EXHAUSTO** sobre las rodillas. Con un hilo de voz, Shun aún tiene fuerzas para preguntarle:

—¿Cómo... cómo has podido acumular toda esa energía?

—¡Amor a los discípulos jamás aprendiste! Hasta el final he luchado sólo por aprecio hacia Lady Blue y superhéroes: ¡su afecto en mejor maestro me ha convertido!

Los alumnos se sienten conmovidos al oír las palabras de su mentor. Por fin Shun ha comprendido la fuerza de un **sentimiento**, que durante todos esos años se ha negado a escuchar: en todo ese tiempo sólo ha enseñado a sus discípulos a canalizar sentimientos negativos, que los han transformado en **GUERREROS** perfectos, pero sin corazón. De repente, el Maestro Shun siente que alguien lo **LEVANTA** y, cuando abre los ojos, casi ocultos bajo sus pobladas cejas blancas, ve

que sus discípulos lo están ayudando a incorporarse.

—Mis alumnos...

¡Así pues, sentís afecto por vuestro Maestro!

Los ninjas se quitan las máscaras y le sonríen con gesto COMPRENSIVO. La escena llena de calidez el corazón del Maestro Shun y hace que la DERROTA le resulte menos amarga. Las miradas de Shun y de Huang se cruzan, y ambos maestros intercambian un gesto de asentimiento y de mutuo aprecio.

Sin embargo, las sorpresas aún no han terminado; mientras asiste conmovida a la reconciliación de los dos maestros, Lady Blue trata de ponerse en pie, pero las CUERDAS le impiden moverse, tropieza y...

¡HORROR!
Se cae
de la torre.

Supermetomentodo no puede creer lo que ven sus ojos: su amada que acaba de salvarse de la Banda de la Cobra, vuelve a hallarse en grave peligro. Sin titubear, el héroe se **LANZA** desde la torre, dispuesto a todo con tal de salvar a la roedora de sus sueños.

H uang observa con ojos incrédulos cómo sus dos alumnos se **PRECIPI-TAN** a toda velocidad hacia las oscuras aguas del río Castor. Lady Blue ya está bastante más abajo que el superhéroe, lo cual, en este caso, significa que... ¡¡¡será la primera en **HUNDIRSE** en el río!!! Supermetomentodo la ve caer y extiende los brazos, tratando de alcanzarla.

—¡ALARGA LA MANO, LADY BLUE!

—NO PUEDO, SUPERMETOMENTODO... ¡ESTÁS DEMASIADO LEJOS!

—vocifera la superroedora, cada vez más próxima del agua.

Pero Supermetomentodo no se rinde y trata de acelerar su descenso hacia el vacío, efectuando una serie de CABRIOLAS en caída libre.

—¡Vamos, ánimo, Miss Blue! Ya casi lo hemos conseguido…

Por fin, con un último esfuerzo, Lady Blue logra **estirarse** y sujetarse al guante del superhéroe.

—… ¡Así! —le grita Supermetomentodo a Lady Blue, que le corresponde con una espléndida sonrisa, que deja al héroe embelesado.

—*Es un momento muy románico, superjefe, y no quisiera ser yo quien lo interrumpiera, créeme. Lamento sinceramente lo que estoy a punto de hacer, pero…*

¡¡¡DESPIERTAAA!!!

—grita el traje, transformándose en una bocina de estadio, que deja sordo al héroe. Aunque el medio ha sido brutal, surte el efecto deseado.

–¡VAYAVAYAVAYA!

¡Qué dolor de oídos! Traje… ¡modalidad Paracaídas! **¡DE PRISA!**

La capa se hincha y adopta los contornos de un gran paracaídas amarillo queso, que frena la caída y permite que los dos superhéroes se posen suavemente en tierra, a orillas del río.

Poco después, se les unen Magnum y Yo-Yo.

> —¡Supermetomentodo! ¡Lady Blue!
> ¡Os habéis salvado!
> ¡Estábamos muy preocupados!

—exclama la joven superheroína.

—¡Os hemos visto caer y hemos bajado corriendo! —añade Magnum.

En ese momento también llega el Maestro Huang, que sonríe al ver a sus discípulos sanos y salvos:

—¡De que os salvaríais seguro estaba! ¡El orgullo de vuestro maestro sois!

—¿Qué ha sido del Maestro Shun? —pregunta Lady Blue.

—Shun partido ha. Una NOTA ha dejado —responde Huang, mostrándole a Supermetomentodo un pedazo de papel arrugado.

—Aquí ha escrito dónde está escondido el botín de los primeros DIEZ robos, incluidos los diamantes White Wonder:

¡todo se halla oculto bajo el *ring* del gimnasio abandonado!

—Su objetivo yo era: mucho sufrimiento a la ciudad ahorrarle hubiera podido...

—dice Huang con tristeza, pero Supermetomentodo lo tranquiliza.

—Ahora ya podremos entregarle el botín a la **POLICÍA**. ¡Y Shun y su banda han aprendido una importante lección!

Lady Blue se ofrece a acompañar al Maestro Huang a casa, mientras que los tres héroes regresan a Rotten Cheese para comprobar si la nota dice la verdad.

La luz de la luna se **FILTRA** a través de las ventanas rotas del viejo gimnasio, y el viento silba entre las **TABLAS** del suelo. Los héroes revisan minuciosamente toda la sala y examinan con detalle cualquier posible escondite.

—... ¡AQUÍ TAMPOCO HAY NADA DE NADA!

—exclama Magnum, mientras vacía el saco de boxeo que **CVELGA** del techo.

—No lo entiendo… ¡Shun decía que mirásemos bajo el *ring*! ¡Eso es lo primero que hemos hecho y estaba vacío!

¿PARA QUÉ HABRÍA DE MENTIRNOS?

—pregunta Yo-Yo, desconcertada.

—Creo que Shun ha aprendido el valor de una **derrota**, y además el dinero no era la

causa de los robos… —reflexiona Supermetomentodo, que al cabo de unos segundos abre
los **OJOS COMO PLATOS**.

—¡¿Cómo no se me ha ocurrido antes?!

¡Blacky Bon Bon! ¡Ha sido él!

Pensadlo bien: cuando Musquash nos ha llamado para decirnos que había descubierto el
escondite de la Banda de la Cobra, teníamos a
los Fétidos delante, ¡y Blacky se ha debido de
enterar! ¡Habrá oído que la guarida se encon-
traba aquí, y ha sumado dos más dos! —concluye Supermetomentodo.

—¡HABRÁN LOGRADO LIBERARSE!

—añade Magnum.

Por su parte, Yo-Yo pregunta con gesto bastante
preocupado:

—¿Y ahora qué podemos hacer?

Entretanto, a unas manzanas de distancia, el jefe de los Fétidos, subido en el Perforamóvil, está de c e l e b r a c i ó n con Mákula, su esposa, saboreando un delicioso camembert fundido de primerísima calidad.

—¡JAR, JAR, JAR! ¡Cuando pienso en la cara que pondrán los superpelmazos al darse cuenta de que hemos huido con el botín de la Banda de la Cobra…! —se regodea, risueño.

—¡BOMBONCITO MÍO, ESTA VEZ INCLUSO ME HAS SORPRENDIDO A MÍ!

—responde Mákula, halagada, mientras admira cómo brilla en su pata uno de los anillos de diamantes sustraídos del gimnasio.

Entretanto, Katerino, que está sentado en el asiento del conductor junto a Uno, Dos y Tres, apretujados en un solo asiento, reduce al llegar a un cruce.

—KATERINO, ¿QUÉ TE PASA? ¡¿NO VES QUE EL SEMÁFORO ESTÁ CAMBIANDO A ÁMBAR?!

—grita Blacky, en seguida calmado por Mákula:

—CÁLMATE, BOMBONCITO: YA CASI HEMOS LLEGADO AL PASAJE...

¿Acaso quieres que la policía nos pare por pasar en rojo…?

—Puede que tengas razón, Makulita. Y, además, ¿por qué habríamos de preocuparnos?

YA... ¡Y NO HE VENIDO SOLO!

HEMOS DETECTADO UN RASTRO DE LAGARTOS DE CRISTAL... IGUALES A LOS QUE ROBARON...

NO... NO... NO...

...¡¿Y ADIVINA DE DÓNDE SALÍAN?!

¡¡¡EL COCHE NOOO!!!

¡¡¡FIN DE TRAYECTO!!!

Un rictus de **DECEPCIÓN** aparece en el rostro de los Fétidos, que ven cómo en el último momento se **ESFUMAN** sus sueños de gloria: ¡casi lo habían logrado!

Pero aunque haya sido descubierto, Blacky sigue siendo el jefe de las ratas de cloaca, y tiene reservada una **ARMA SECRETA**.

—¿Sabes? —dice la taimada rata—. Además de todo este dinero y los diamantes, en el gimnasio también he encontrado esta cosita…

Blacky se pone unas gafas de sol y se saca del bolsillo una pequeña **ESFERA** marrón, que lanza a los pies de Supermetomentodo. Por unos segundos, el mundo desaparece en una **LUZ BLANCA** y envolvente…

Poco después, aún aturdidos por la esfera luminosa arrojada por Blacky, los superhéroes vagan sin rumbo por el centro de la calle.

—¿Quién ha encendido las luces?! —exclama Supermetomentodo, extendiendo las manos por delante para no chocar con nada.

—Tal vez querías decir «¿quién ha apagado las luces?» —replica Yo-Yo.

—No sé, creo que Supermetomentodo tiene razón: yo sólo veo una **GRAN LUZ** blanquecina delante de… 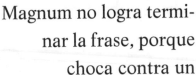 **¡BONK!**

Magnum no logra terminar la frase, porque choca contra un  **BUZÓN**.

Al cabo de unos minutos, el efecto de la **BOMBA** luminosa de Blacky se disipa y la

vista de los tres héroes comienza a aclararse…
¡Aunque, a esas alturas, ya no queda el menor
rastro de los **Fétidos**!
Por suerte, en su huida, Blacky ha abandonado
el auto y el botín.

—¿PROBAMOS A SEGUIRLO?

—pregunta Magnum.

—No, ahora ya es inútil, ha transcurrido demasiado tiempo. Tenemos que hacer como Shun,
aprender a aceptar la **DERROTA**: esta
vez se han salido con la suya… pero ¡estoy seguro de que la próxima no escaparán!

D urante los días siguientes, las noticias so-
bre la Banda de la Cobra van perdiendo
protagonismo, y la ciudad recupera de nuevo la
normalidad.

El calor también vuelve a **ARRECIAR**,
incluso más que antes.

Recostados en el sofá, Metomentodo y Brando
miran la pantalla del televisor sin verdadero
interés. Trendy trata de animarlos a
hacer algo:

—Primitos, ¿qué me decís de ir al parque a dar
un paseo? —pregunta.

—... ¡Demasiado calor!

—responde un aburrido Metomentodo.

—Pues entonces, ¿qué opináis si vamos al mar? —vuelve a preguntarles la superprima.

—... ¡Demasiado lejos!

—responde un Brando igual de aburrido.

—Ufff... —resopla la roedora, tras haber recibido una **NEGATIVA** a cada una de sus propuestas, en este orden: ir a patinar, ir de compras, una excursión al campo, dar cuatro saltos en la discoteca, preparar una sopa de garbanzos, saltar con pértiga y **PINTAR** la Base Secreta de color rosa chillón.

Trendy, que nunca se da por vencida, por fin tiene una gran idea:

—¡YA ESTÁ! ESTO SEGURO QUE OS GUSTA... ¡UNA RÁPIDA EXCURSIÓN A LA CÁRCEL DE MUSKRATRAZ!

Metomentodo y Brando se incorporan al instante, ambos a la vez.

–¡¿QUÉQUÉQUÉ?!

—pregunta el roedor.

—¿Y qué me diríais de una bonita FIESTA en el parque? —vuelve a insistir Trendy.

—¿Qué tiene que ver eso con Muskratraz?

–¡Si venís conmigo, lo sabréis!

—anuncia Trendy, antes de desaparecer en el vestidor. Al cabo de media hora, los tres, vesti-

180

dos de **SUPERHÉROES**, llaman a la puerta del director Rodríguez.

–Superhéroes... ¡¿qué hacéis aquí?!

Creía que ya habíais desarticulado la Banda de la Cobra. ¿Acaso hay algo que no sé…? —pregunta Rodríguez, con un dejo de inquietud en la voz.

—¡Director, esta vez no hay ningún **PROBLEMA**! Solamente necesitamos un pequeño préstamo… ¡con finalidades benéficas! —exclama una sonriente Yo-Yo. Y a continuación cuchichea un instante con Rodríguez, ante la perpleja **MIRADA** de Supermetomentodo y de Magnum.

Al cabo de una hora, una multitud de roedores y roedoras, **grandes** y **pequeños**, se ha congregado en el Muskrat Park: Yo-Yo ha tomado prestadas

las armas del Doctor Freezer y, tras realizar alguna pequeña modificación, ha transformado la pistola **CONGELADORA** en una fantástica máquina para hacer **GRANIZADOS** de todos los sabores, cereza, menta, limón, sandía, ¡e incluso con sabor a pizza (inventado por Magnum, naturalmente)!

–¡VENID TODOS AQUÍ!

—grita satisfecha la superheroína.

–¡HAY PARA TODO EL MUNDO!

Supermetomentodo, entretanto, ha utilizado los guantes de la **rata criminal** para helar el estanque del parque, ¡y transformarlo en una pista de patinaje!

—Yo-Yo, debo admitir que al principio era un poco escéptico respecto a esta idea, pero ahora que veo todas estas **SONRISAS** de roedores

y roedoras felices, he cambiado de opinión...
¡Ha sido realmente súper! —exclama Supermetomentodo.

—¡POR UNA VEZ, ESTAMOS DE ACUERDO EN ALGO!

—dice el traje del héroe, esbozando una risita
bajo los bigotes o, mejor dicho, bajo los pliegues.
—Sólo falta un poco de **música**...
¡Ojalá hubiera traído conmigo mi valiosa colección de CD de Elvis Ratelo! —suspira el héroe, sin advertir la mirada de **ESPANTO**
que intercambian Magnum y Yo-Yo, al pensar
en cómo acabaron los «valiosos» discos...

—HUM, ¡UNA VERDADERA LÁSTIMA!

—exclama Yo-Yo, que en seguida cambia de te-
ma—:Ya sabes, me ha parecido que, tras las
peripecias que hemos pasado con el caso de la
Banda de la Cobra, nos vendría bien un momento de *fiesta* y de *relax*.

A la fiesta además se suman Lady Blue y Huang, que tiene un aspecto espléndido.

La **AGOTADORA** experiencia del duelo con Shun ya está definitivamente superada. El comisario Musquash también ha decidido asistir, aplazando sus obligaciones por unas horas.

—ESTAMOS PRÁCTICAMENTE TODOS, ¿VERDAD?

—pregunta Magnum.

—Sí… ¡sólo falta Copérnica! Si no me equivoco… ¡tenía que regresar hoy!

Los tres héroes se observan con los ojos muy ABIERTOS, como si acabaran de recordar algo importantísimo…

—¡Le habíamos prometido que iríamos a recogerla a la estación! —gritan al unísono.

Una voz que les resulta muy familiar los pilla por sorpresa:

—… **¡EN EFECTO!** He estado esperando casi una hora y media. ¡Al final he tomado

un taxi y he ido a casa! Al no encontraros, he pensado que estaríais enmendando **CUALQUIER FECHORÍA**... ¡Y, en cambio, os encuentro aquí, pasándolo en grande! —exclama Copérnica, con un tono de benevolente reproche.

—EJEM... HUM... ESTO...

—balbucean los héroes, que han sido sorprendidos con la guardia baja.

—¡¡¡Y no creáis que no he visto el desorden que habéis dejado en vuestras habitaciones!!!

En cuanto regresemos a la Mansión Quesoso, haréis doble turn... Eh, ¿¡¿adónde vais?!?

Y así, en medio de la confusión reinante, Supermetomentodo, Magnum y Yo-Yo echan a correr, mientras la cocinera-científica los persigue blandiendo la escoba y el recogedor.

—Sin duda —les dice Supermetomentodo a sus supercolegas, procurando que los muskratenses no lo oigan—, hay algo incluso peor que enfrentarse a la Banda de la Cobra:

¡¡¡ tener que vérselas con Copérnica cuando la casa está desordenada!!!

ÍNDICE

Geronimo Stilton

Marca en la casilla correspondiente los títulos que tienes de todas las colecciones de Geronimo Stilton:

Colección Geronimo Stilton

- ☐ 1. Mi nombre es Stilton, Geronimo Stilton
- ☐ 2. En busca de la maravilla perdida
- ☐ 3. El misterioso manuscrito de Nostrarratus
- ☐ 4. El castillo de Roca Tacaña
- ☐ 5. Un disparatado viaje a Ratikistán
- ☐ 6. La carrera más loca del mundo
- ☐ 7. La sonrisa de Mona Ratisa
- ☐ 8. El galeón de los gatos piratas
- ☐ 9. ¡Quita esas patas, Caraqueso!
- ☐ 10. El misterio del tesoro desaparecido
- ☐ 11. Cuatro ratones en la Selva Negra
- ☐ 12. El fantasma del metro
- ☐ 13. El amor es como el queso
- ☐ 14. El castillo de Zampachicha Miaumiau
- ☐ 15. ¡Agarraos los bigotes... que llega Ratigoni!
- ☐ 16. Tras la pista del yeti
- ☐ 17. El misterio de la pirámide de queso
- ☐ 18. El secreto de la familia Tenebrax
- ☐ 19. ¿Querías vacaciones, Stilton?
- ☐ 20. Un ratón educado no se tira ratopedos
- ☐ 21. ¿Quién ha raptado a Lánguida?
- ☐ 22. El extraño caso de la Rata Apestosa
- ☐ 23. ¡Tontorratón quien llegue el último!
- ☐ 24. ¡Qué vacaciones tan superratónicas!
- ☐ 25. Halloween... ¡qué miedo!
- ☐ 26. ¡Menudo canguelo en el Kilimanjaro!
- ☐ 27. Cuatro ratones en el Salvaje Oeste
- ☐ 28. Los mejores juegos para tus vacaciones
- ☐ 29. El extraño caso de la noche de Halloween
- ☐ 30. ¡Es Navidad, Stilton!
- ☐ 31. El extraño caso del Calamar Gigante
- ☐ 32. ¡Por mil quesos de bola... he ganado la lotorratón!
- ☐ 33. El misterio del ojo de esmeralda
- ☐ 34. El libro de los juegos de viaje
- ☐ 35. ¡Un superratónico día... de campeonato!
- ☐ 36. El misterioso ladrón de quesos
- ☐ 37. ¡Ya te daré yo karate!
- ☐ 38. Un granizado de moscas para el conde
- ☐ 39. El extraño caso del Volcán Apestoso
- ☐ 40. ¡Salvemos a la ballena blanca!
- ☐ 41. La momia sin nombre
- ☐ 42. La isla del tesoro fantasma
- ☐ 43. Agente secreto Cero Cero Ka
- ☐ 44. El valle de los esqueletos gigantes
- ☐ 45. El maratón más loco
- ☐ 46. La excursión a las cataratas del Niágara
- ☐ 47. El misterioso caso de los Juegos Olímpicos
- ☐ 48. El templo del rubí de fuego
- ☐ 49. El extraño caso del tiramisú
- ☐ 50. El secreto del lago desaparecido
- ☐ 51. El misterio de los elfos
- ☐ 52. ¡No soy un superratón!

Libros especiales de Geronimo Stilton

- ☐ En el Reino de la Fantasía
- ☐ Regreso al Reino de la Fantasía
- ☐ Tercer viaje al Reino de la Fantasía
- ☐ Cuarto viaje al Reino de la Fantasía
- ☐ Quinto viaje al Reino de la Fantasía
- ☐ Sexto viaje al Reino de la Fantasía
- ☐ Séptimo viaje al Reino de la Fantasía
- ☐ Octavo viaje al Reino de la Fantasía

- ☐ Viaje en el Tiempo
- ☐ Viaje en el Tiempo 2
- ☐ Viaje en el Tiempo 3
- ☐ Viaje en el Tiempo 4
- ☐ La gran invasión de Ratonia
- ☐ El secreto del valor

Grandes historias Geronimo Stilton

- ☐ La isla del tesoro
- ☐ La vuelta al mundo en 80 días
- ☐ Las aventuras de Ulises
- ☐ Mujercitas
- ☐ El libro de la selva
- ☐ Robin Hood

- ☐ La llamada de la selva
- ☐ Las aventuras del rey Arturo
- ☐ Los tres mosqueteros
- ☐ Las aventuras de Tom Sawyer
- ☐ Los mejores cuentos de Grimm
- ☐ Peter Pan

Cómic Geronimo Stilton

- ☐ 1. El descubrimiento de América
- ☐ 2. La estafa del Coliseo
- ☐ 3. El secreto de la Esfinge
- ☐ 4. La era glacial
- ☐ 5. Tras los pasos de Marco Polo
- ☐ 6. ¿Quién ha robado la Mona Lisa?
- ☐ 7. Dinosaurios en acción
- ☐ 8. La extraña máquina de libros
- ☐ 9. ¡Tócala otra vez, Mozart!

- ☐ 10. Stilton en los Juegos Olímpicos
- ☐ 11. El primer samurái
- ☐ 12. El misterio de la Torre Eiffel
- ☐ 13. El tren más rápido del Oeste
- ☐ 14. Un ratón en la luna
- ☐ 15. Uno para todos y todos para Stilton

Tea Stilton

- ☐ 1. El código del dragón
- ☐ 2. La montaña parlante
- ☐ 3. La ciudad secreta
- ☐ 4. Misterio en París
- ☐ 5. El barco fantasma
- ☐ 6. Aventura en Nueva York
- ☐ 7. El tesoro de hielo
- ☐ 8. Náufragos de las estrellas
- ☐ 9. El secreto del castillo escocés

- ☐ 10. El misterio de la muñeca desaparecida
- ☐ 11. En busca del escarabajo azul
- ☐ 12. La esmeralda del príncipe indio
- ☐ 13. Misterio en el Orient Express
- ☐ 14. Misterio entre bambalinas
- ☐ 15. La leyenda de las flores de fuego
- ☐ 16. Misión flamenco

¿Te gustaría ser miembro del CLUB GERONIMO STILTON?

Sólo tienes que entrar en la página web **www.clubgeronimostilton.es** y darte de alta. De este modo, te convertirás en ratosocio/a y podré informarte de todas las novedades y de las promociones que pongamos en marcha.

¡PALABRA DE GERONIMO STILTON!

SUPERHÉROES

EL ASALTO DE LOS GRILLOTOPOS
3

SUPERMETOMENTODO CONTRA LOS TRES TERRIBLES
4

LOS DEFENSORES DE MUSKRAT CITY
1

LA INVASIÓN DE LOS MONSTRUOS GIGANTES
2

LAS ABOMINABLES RATAS DE LAS NIEVES
7

¡ALARMA, FÉTIDOS EN ACCIÓN!
8

EL MISTERIO DEL TRAJE AMARILLO
6

LA TRAMPA DE LOS SUPERDINOSAURIOS
5

ALGO HUELE A PODRIDO EN PUTREFACTUM
10

SUPERMETOMENTODO Y LA PIEDRA LUNAR
9

Geronimo Stilton
SUPERHÉROES
VENGANZA DEL PASADO

DESTINO